1센티 미학

나는 손끝을 행복하게 만드는 사람입니다

박경아 지음

"멈추지 않는 그런 열정은 도대체 어디에서 나오는 거예요?"

누군가 이런 질문을 할 때마다 나는 멈추지 않는 열정을 무식한 열정이라 웃으면서 말한다. 무식한 열정은 바로 성실이다. 성실하게 내게 주어진 일과 하고 싶은 일을 묵묵히 해낼 뿐이다. 어느덧 인생의 반을 살았다. 생각해보면 인생 마라톤의 사분의 일 지점인 이십오 세부터 내 안에서는 어떤 꿈이 꿈지럭꿈지럭 꿈틀거리고 있었다. 이제 반환점을 돌아야 하는 이분의 일 지점에 와 있다.

인생의 전반전을 정리하고 후반전을 계획해야 하는 시기다. 나의 인생 전반전을 정리해보고 싶었다. 이 작업은 쉽지 않았지만 나는 실행에 옮기고 있다. 내 안에 있는 열정의 온도를 확인하는 중이다.

대기업에 취업하면서 백수 생활에서 탈출했다. 이름만 대면 알 만한 회사에 입사했으니, 부모님이 좋아하셨다. 맏이가 잘 풀려야 동생들도 잘된다는 말을 귀에 못이 박히도록 하셨던 부모님은 나의 첫 직장 생활에 대한 쓴소리도 아끼지 않으셨다. 하지만 내게는 잔소리로 다가왔다.

"남 밑에서 돈을 벌어봐야 사회가 뭔지 알지. 네 맘대로 할 수 있는 게 없어. 시키는 일만 잘하면 된단다."

하지만 나는 남들처럼 평범한 직장인으로 살고 싶은 생각은 애당초 없었다. 그러니 엄마 말대로 유리천장 밑에서 헤매고 있었다. 문득 꾸물거리다가는 꿈이 버려질 것 같아 안달이 났다. 유리천장을 부수고 나오기로 했다. 그즈음부터 인생의 첫 도전기가 시작되었다. 나는 주저 없이 미국을 선택했다.

그때부터 무식한 용기와 열정이 시작되었다. 꿈을 다시 펼칠 수 있었던 데는 목표가 있었기 때문이다. 혹시라도 환경 때문에, 주변 사람들 때문에, 누군가의 시선을 의식해서 주저하고 있다면 스스로 중심을 잡는 법을 배워야 한다. 내가 인생의 기준이 되어야 한다는 말이다.

유명한 네일아티스트도 아니고, 화려하고 정교한 네일 테크닉을 자랑할 만큼의 실력은 없을지 모르지만, 이 업계에서 20여 년간 머리로, 가슴으로, 몸으로 부딪치며 경험했다. 처음 출발은 열정페이 무급 아르바이트부터 시작했다. '헝그리 정신'으로 무장한 신입 사원이 성장하는 과정에서 토털 뷰티 살롱, 해외 사업, 유통 사업, 상품 개발, 인재 개발, 영업 마케팅까지 안 해본 일이 없다. 18년간 네일 아트 국내 1위의 왕좌 자리에 있는 회사에서 250개의 직영 매장을 관리하는 영업본부장으로 일했다. 누군가가 내게 "이십여 년 동안 가장 많이 한 일이 뭐예요?"라고 물어본다면 황당하지만 진지하게 대답할 것이다.

"전단 뿌리는 일을 가장 많이 했고 또 가장 잘합니다. 회사 다닐 때 주특기였어요."

아무도 하지 않는 일을 했고, 누구도 하기 싫은 일을 먼저 했다. 그러다 보니 누구보다 현장에서 직접 경험한 성공 사례를 만들기 시작했다. 성공적인 경험을 통해 어깨에 한껏 힘이 들어갔던 적도 있었다. 순식간에 추락하는 경험도 했다. 우물 안의 개구리여도 괜찮다. 그 안에서 자유형만 고집하는 게 아니라 남들이 하지 않는 배영, 평형, 접영을 자유자재로 구사하는 법을 알려주고 싶다. 내가 지금까지 그랬듯이.

22년 전 네일 아트를 하겠다고 결심하고 사람들한테 말했다. 그들은 '그게 될까?' 하는 의심의 눈초리로 나를 바라봤다.

'남의 손톱, 발톱에 낀 때를 벗기는 일이 무슨 돈이 될까. 오래 도록 그 일을 할 수 있을까?'

그 당시 네일리스트는 생소한 신생 직업이었다. 대부분 네일 아트를 직업이라기보다는 패션의 유행처럼 생각했다. 우리나라가 IMF 관리체제의 후유증을 겪고 있던 시기라 네일 아트를 사치라 고 여기는 분위기가 팽배했다. 누군가는 네일 아트를 고부가가치 산업이라 했고, 누군가는 사치를 조장한다고 했다. 하지만 누가 뭐 라든 난 이거다 싶었다. 아무도 하지 않는 일을 하자. '퍼스트 무버' 가 되는 거다. 이렇게 시작한 일을 20년 넘게 하고 있다.

18년 동안 한 직장에서 한 우물만 팠다. 평생의 직업을 만들 기 위해 철저하게 준비하는 시간이기도 했다. 현재 나는 평생직장 인에서 평생직업인으로 살고 있다. 평생직업으로 인생의 보호막을 쌓아가고 있다. 평생직업에 대한 준비를 어떻게 해야 하는지 모르 는 이가 있다면 그들에게 말하고 싶다.

"평생직장이란 없다. 평생직업만 있을 뿐이다."

다니던 직장에서 '5년 후 독립 계획'을 세우고 4년 만에 독립 해서 나만의 길을 가고 있다. 홀로서기를 한 지 7년 차가 되어간다. 내 일을 하다 보니 많은 일을 확장할 수 있었다. 직장에서 보고 배 운 실력으로 강의 활동을 하게 되었다. 대학에서 학생들을 가르치는 일도 했다. '뷰티잡 119'구인구직 사이트를 운영하면서 핵심 인재와 베스트 숍을 연결하는 작업도 하고 있다. 우리 미용인들에게 특화된 플래너 '드림노트'도 공동 개발해서 판매하고 교육하고 있다. 신사업으로 고품격 네일 살롱 반디인하우스를 선보이고 현재 이십 호점을 운영하고 있다. 문제성 손발톱 시장을 분석한 뒤 '큐릭스 아카데미'를 열어 9기생까지 배출했고 관리하는 매장은 30호점이 넘는다.

홀로서기를 나섰지만 혼자가 아니다. 내가 책임져야 할 일도, 책임져야 할 사람도 많다. 막중한 무게감을 느끼면서 거울에 비친 내 모습을 더 당당하게 마주하려고 한다.

인생은 목표와 도전 속에서 42.195킬로미터를 완주한다. 누구에게나 종착지는 있다. 누군가에 의해 등 떠밀리듯 가는 것도 아니고 속도전이 있는 것도 아니다. 스스로 페이스를 조절하며 묵묵히 간다. 때로는 비단길이 펼쳐지기도 하고, 때로는 자갈밭이 나오기도 한다. 그러다 꽃길이 나오면 그곳에 머물러 향기 나는 사람이 되기도 한다. 오르막 계단이 나타나면 계단의 끝을 쳐다보고 머뭇거릴 게 아니라 한발 한발 오를 수 있도록 길잡이 역할을 하고 싶다.

이 책 1장에서는 이상과 현실 속에서 현실과 타협할 수 없는 나를 찾아 한 계단을 오른다. 누구나 비슷한 경험을 가지고 있으리라. 2장은 성장기 계단을 오른다. 직장을 다니면서 직장과 직업을 사이에 두고 새로운 가치를 찾을 수 있었다. 3장 역시 나의 특별한 경험 이야기다. 성공하기 위해 취사선택해야 할 것이 무엇인지 되돌아보았다. 4장과 5장은 관계와 일에 성숙해지기 위한 점프업 구간 이야기다. 성숙기 계단으로 훌쩍 올라오면 인생의 후반전이 시작된다. 새롭게 시작하는 일에 대한 흥미진진한 도전이 또다시 펼쳐진다. 이 장에서는 나를 둘러싼 인간관계가 얼마나 소중한가를 발견한다. 6, 7장은 삶과 일의 확장기 이야기다. 힘차게 계단을 오르는 중이다. 지식기술경영자로, 사업가로 내 삶을 확장하고 내 안에 있는 또 다른 잠재력을 깨우는 이야기다.

뷰티 업계에 종사하는 사람 중 70퍼센트 이상이 여성이다. 여성이 특정 산업 분야를 끌고 나간다고 해도 과언이 아니다. 여성은 여성만이 가진 강점이 있다. 일단 섬세하고 꼼꼼하면서도 오뉴월에도 서리가 내린다는 냉정함 또한 겸비했다. 주제넘지만 여성이 스스로 독립하는 길을 여는 데 앞장서고 싶었다. 창업을 준비하고 무슨 일을 해야 할지 고민한다면, 침체기가 찾아왔다면, 좌충우돌하고 있다면, 뒤돌아보지 않고 앞만 보고 달려왔다면 이 책에 써놓은 내 이야기가 도움이 될지 모른다. 목표를 향해 도전하고 성장하는 과정에서 이 책이 성공의 밑거름이 되었으면 좋겠다.

2022년 10월 **박경아**

차례 | Contents

머리말 2

1. 네일로 내일을 꿈꾸다

현실은 '유리천장' 12

나의 독립기념일과 '혼생일기' 19

나의 유일한 무기는 '간절함'이다 25

네일로 내일을 시작하다 31

무급 알바 딱지 떼기 38

평생직장에서 평생직업으로 45

명함은 내게 어떤 의미일까? 50

2. '마음먹기'로 무식한 용기를 내다

마이너리그에서 메이저리그로 58

하수와 고수의 차이 65

경험은 빛나는 별이 된다. 72

나는 매일 포기를 결심한다. 78

'비교 경쟁'이 아닌 '목표 경쟁'으로 84

성과를 만드는 영업 전략 노하우 열 가지 91

3. 나의 K-뷰티 문화 답사기

중국, 1호점에서 100호점으로 106

인도네시아, 죽기 아니면 까무러치기 110

호주, 꼴찌에서 일등으로 114

미국, 아이템보다 시스템 118

'나'를 만드는 3가지 시스템 122

4. '독립선언문'을 위해 해방 일지를 쓰다

엄마 나이 한 살에 내린 결단 126

내 삶의 원칙을 만들다 132

똥고집으로 지킨 내 직업이 사라진다고? 137

80평생 손톱 병신과 행복한 친구 먹기 143

오지랖 덕분이다 149

프랜차이즈의 상품은 그 사업 자체다 155

5. 멘티에서 멘토로 동행

사치라고 여겼던 네일을 문화로 바꾼 선도자 전성실 대표 164

을의 인생을 선택한 포쉬네일 김기상 대표 167

현장에서 답을 찾는 마케터, 반디네일 배선미 대표 170

'꾸준여신', 큐릭스아카데미 대표원장 양지연 멘티 173

'드림노트' 공동 저자 서민정 멘티 175

나는 네일비즈멘토 177

6. 지속 가능한 성장 설계도를 그리다

바꿔, 바꿔! 모든 걸 다 바꿔 180

'못'이 아닌 '망치'로 살겠다 186

망하는 데는 다 이유가 있다 193

장사 말고 사업을 하자 199

나는 어떻게 지속 성장할까? 205

하드웨어와 소프트웨어 다음은 휴먼웨어 209

7. '高'하기 위해 GO하다

"일단, 해봐!" 곧바로 시작하는 힘! 216

나의 '일'에 대한 재정의, 재해석! 221

따라 하기, 모방하기, 응용하기 232

'꾸답 프로젝트' 236

멘탈만큼은 금수저 239

나는 또다시 도전한다 246

맺는말 250

1

네일로 내일을 꿈꾸다

현실은 '유리천장'

나의 독립기념일과 '혼생일기'

나의 유일한 무기는 '간절함'이다

네일로 내일을 시작하다

무급 알바 딱지 떼기

평생직장에서 평생직업으로

명함은 내게 어떤 의미일까?

현실은 '유리천장'

드디어 합격이다. 요즘처럼 취업이 어렵지는 않았지만 몇 차례 낙방했다. 취업이 잘된다는 막연한 믿음으로 등 떠밀려 전공을 선택했다. 전자계산과. 지금은 컴퓨터공학과라고 하는데 결과적으로 내게는 무용지물이 되었다. 전공과 관련된 취업을 하려니 시험에서 떨어지고 면접에서 떨어지기를 반복했다. 어차피 하고 싶은 공부도, 일도 아니었기 때문에 오히려 포기가 쉬웠다.

백수를 대하는 엄마의 눈초리가 따가워질 즈음 합격통지서를 받았다. 순간 세상을 다 얻은 듯한 기분이었다. D그룹 공채 시험에 합격한 것이다. 입사 첫날, 오리엔테이션으로 직장 생활을 시작했다. 신입 사원들은 회사 연수원에서 한 달여간 합숙 훈련과 교육을 받았다. 군기가 바짝 든 채 교육을 마치고 부서 발령을 받았다.

나는 전산실만 아니면 뭐든지 할 수 있겠다 싶었다. 영어는 물론 다른 외국어까지 잘하는 동기들, SKY를 졸업한 동기들, 해외 유학파들에 비하면 뭐 하나 내세울 게 없는 나였다. 마케팅팀이나 홍보팀에서 멋지게 일하고 싶었으나 희망 사항이 되고 말았다. 면접 시 평생직장이라 여기며 최선을 다하겠다는 포부를 밝혔는데 막상 비서팀으로 발령되자 실망스러웠다.

동기들이 부러웠다. 비서 업무는 매우 단조로웠다. 나는 그룹사의 기조실장과 회사 사장을 겸직하는 대표를 모시는 일을 해야 했다. 드라마에서 봤던 것처럼 대표와 나란히 걸으며 일정을 브리핑하는 수행비서팀장이 직속상관이었다. 비서팀장은 비서들 가운데 유일한 남자였다. 그는 회의 때마다 강조했다.

"명품 비서가 명품 CEO를 만듭니다."

명품 비서는 경영자의 업무 수행을 보좌하며 품위를 지킬 수 있게 해야 한다고 했다. 막내 사원인 나는 기조실장이 호명하는 명함 전화번호를 외우고 결재 서류의 오타와 띄어쓰기를 바로잡고 다섯 개 신문사의 회사 관련 기사를 스크랩했다. 직장 생활은 매일매일 똑같은 일과를 반복해 특별한 이벤트가 없었다. 지루한 일상으로 일요일 밤이면 월요병을 걱정하는 매너리즘에 빠져갔다. 언젠가 엉뚱한 상상력으로 웃음바다가 된 적도 있었다.

"경아 씨, 러브호텔 예약 좀 해놓으세요. 2인! 오후 2시로요!"

그야말로 어처구니없는 지시에 의아해하며 팀장한테 물었다.

"러브호텔이 아니라 노보텔 아닌가요?"

인터폰 사이로 흘러나온 굵은 경상도 사투리의 상사는 직원들한테 큰 웃음을 선사했다. 이후 이 에피소드는 비서실 교육 사례로 쓰였다. 그럴 때마다 비서팀 업무가 유쾌하지 않았다. 기조실장은 해외 출장으로 6개월을 보냈고, 골프 회동이나 외부 약속으로 9개월 가까이 사무실을 비웠다. 나머지 3개월은 회의 일정으로 보냈다. 동기들은 천국과 같다며 오히려 나를 부러워했다.

하지만 비서실 업무는 내 성향과는 맞지 않았다. 무료하기 짝이 없었다. 때마침 그룹 홍보팀에서 사보 기자를 충원한다는 사내 게시물이 올라왔다. 뭔가 흥미로운 일이 생길 수도 있다는 기대감으로 지원서를 냈다. 고교 시절 방송반 활동과 학생 잡지사 기자 경험을 인정받아 사보 기자로 선발됐다. 그때부터는 비서실의 지루함을 뒤로하고 사보 기자 일을 즐기기 시작했다.

사내 행사를 인터뷰하고 취재하는 일은 무척이나 흥미진진했다. 내 기사를 보고 기조실장과 선배뿐만 아니라 동기들도 칭찬해 주었다. 내 역량을 보여줄 수 있는 일이라고 생각했다. 비서팀에서 벗어날 수 있을지도 모른다는 막연한 기대감으로 더 열심히 일을 만들었다. 사랑방이라는 봉사 활동 단체도 직접 제안했다.

비서실에 있다 보니 임원들로부터 기부를 받는 일이 그리 어렵지 않았다. 보육원, 양로원으로 봉사 활동을 가고 사보에 활동 내용을 실어 날랐다. 또 다른 일도 벌였다. 문화혁신팀의 제안으로 사내 동아리를 만든다는 공고를 기사로 실었다. 당시만 해도 스키는 신입 사원 월급으로 취미 생활을 하기에는 꽤 고비용의 스포츠였다.

스키복만 장만하고 스키장에 갈 기회만 엿보던 중 회사 지원금으로 스키를 탈 수 있다는 생각에 동료들을 찾아다녔다. 문화혁신팀 팀장을 가까스로 설득해 동아리를 창단했다. 선배들과 동료들과 함께 슬로프를 질주했다. 본연의 업무보다는 기타동아리, 독서동아리, 영어동아리를 비롯해 사보 기자와 사랑방 회장, 스키동호회 회장을 하며 직장 생활에 슬슬 재미를 붙여갔다.

입사 2년 차 되던 해 시월, 선임 대리가 과장 승진 시험을 준비하고 있었다. 그 당시 회사에는 여자 대리만 몇 명 있을 뿐 여자 과장은 한 사람도 없었다. 그 벽에 도전장을 내밀고 승진을 준비하는 선배를 보며 나는 서른두 살에는 반드시 과장이 되겠다는 목표를 세웠다. 수행비서팀장이 타 부서로 발령이 난다는 소문이 슬금슬금 돌았다. 드디어 여성 팀장이 우리의 상사가 될 거라며 김칫국을 마셨다.

그 소문은 비서팀 초미의 관심사였다. 그러나 사내 게시판에 붙은 수행비서팀장은 낯선 남자 이름이었다. 그 역시 3개 국어를 하는 실력은 물론, 수려한 외모가 돋보였다. 페미니스트가 정확히 뭔지도 몰랐던 나였다. 회사가 '여성은 여성으로 태어나는 것이 아니라 여성으로 만들어진다'라는 시몬 드 보부아르의 페미니즘을 알게 해주었다.

선임 대리는 신혼여행을 다녀와서 다음 인사 개편 때 영업직으로 발령받았다. 사보 기자 사수였던 홍보팀 대리는 임신하자 정규직에서 계약직으로 바뀌었다. 사수는 프리랜서가 더 편하다며 웃음 지었으나 눈빛은 흔들렸고 목소리에는 비음이 섞여 있었다. 입사해서 두 해가 지났어도 여성 과장, 여성 팀장은 아무도 없었다. 결혼하거나, 일어나지도 않은 임신만으로 회사에서는 여직원의 능력을 판단했다.

1990년대 중반, 여성들은 사회적인 성공을 꿈꾸었으나 사회는 여성들을 받아들일 준비가 안 된 시기였다. 신입 사원 오리엔테이션 때부터 여직원의 비율은 15퍼센트 수준이었다. 여성의 승진을 막는 보이지 않는 장벽, 즉 '유리천장'을 보지 못한 채 나는 서른두 살에 여자 과장 1호가 되고야 말겠다는 이상적인 꿈을 꾸고 있었다.

직장 생활에 대한 기대가 큰 만큼 실망도 적지 않았다. 아무래도 내가 세운 목표를 첫 직장에서 이룬다는 건 불가능해 보였다. 퇴직을 결심하고 십이월 마지막 날 사표를 냈다. 다시 백수 노릇을 할지도 모른다는 두려움과 함께 새로운 도전에 대한 설렘이 오버랩했다.

스물다섯 살의 십이월, 코엑스에서 유학 박람회가 열리고 있었다. 친구들 사이에서 자유 배낭여행과 어학연수 바람이 한창 불고 있었다. 배낭여행을 떠나는 친구들도 있었고, 방학을 이용해 단기 어학연수에 가는 친구들도 많았다. 나는 어학연수를 결심했다. 박람회 부스를 여기저기 기웃거리며 설명회를 들었다. 미국을 비롯해 영국, 가까이는 일본과 중국까지 수많은 유학 프로그램을 훑어보면서 만감이 교차했다.

간신히 졸업한 대학 졸업장은 의미가 없었고 2년간의 직장 생활은 특별히 내세울 만한 성과도 없었다. 딱히 잘하는 것도, 잘할 수 있는 것도 없었다. 그렇다고 든든한 뒷배가 있는 것도 아니었다. 그 순간, 있는 그대로의 나, 내 현실을 직시할 수 있었다. 과장 승진이 목표가 아닌 인생의 목표를 찾기 위해 고민하면서 1996년의 크리스마스를 보내고 있었다. 결심하고 나자 머리가 한결 가벼워졌다. '난 아직 젊어. 이제부터 시작이야!' 이 세상에 나를 위로해줄 사람은 나 자신밖에 없었다. ≪톰소여의 모험≫을 쓴 마크 트웨인의 말이 자꾸 뇌리를 스쳤다.

"이십 년 후에는 당신이 했던 일보다 하지 않았던 일을 더 후회할 것이다. 그러니 배를 묶어둔 밧줄을 풀어라. 안전한 항구를 떠나라. 바람을 타고 항해하라. 탐험하라. 꿈꾸라. 발견하라."

가끔은 자기 자신을 돌아보는 혼자만의 시간이 필요하다. 이제 무엇을 해야 하는지, 잘하는 건 무엇인지, 진정으로 하고 싶은 일은 무엇인지 진지하게 나 자신한테 되물었다.

"넌 지금 행복하니? 네 꿈은 뭐니?"

시계추처럼 왔다 갔다 하면서 하루를 보내고 안전지대를 벗어나는 것을 두려워하는 건 아닌지, 이상과 현실의 격차를 인지하지 못하고 유리천장 아래서 불평불만만 늘어놓고 있는 건 아닌지…… 보다 구체적으로 나 자신한테 질문했다.

"삶의 기준이나 원칙이 있는가?"

어릴 적 체육 시간에 두 팔을 벌리고 '기준' 하고 외쳤던 기억을 떠올렸다. 기준점에서 멀리 떨어져 있는 아이들은 기준점을 향해 달렸다 멀어지기를 반복했다. 삶에도 기준이 있다면 결국 내가 중심이 돼야 한다. 나를 중심으로 세상이 움직인다.

내가 '기준'이 되면 내가 '중심'이 된다는 말이다. 기준점에서 멀리 떨어져 헤매고 방황하지 말고 나만의 기준점을 세우고 세상의 중심이 되어 방향을 제시하면 된다. 그해 겨울, 스물다섯 살에서 스물여섯 살로 넘어가는 시점에 나는 백지 위에 굵고 선명한 원점을 설정했다.

나의 독립기념일과 '혼생일기'

　미국행. 엄마는 겉멋이 들었다며 노발대발했다. 좋은 직장에서 좋은 남자 만나 시집이나 가라고 했다. 언제나 내 편인 아빠는 적극적으로 나를 지지했어도 엄마의 한숨 소리는 63빌딩도 무너뜨릴 기세였다. 딸 넷 중 맏이인 내가 미국으로 간다니 엄마는 앓아누울 판이었다. 물론 첫 직장의 아쉬움이 전혀 없지는 않았다.

　회사는 빠르게 성장하고 있었고 나름의 비전도 있었다. 내가 입사 2년 만에 퇴사를 결심했던 건 나만의 비전이 안개처럼 희미하고 찾기 힘들었기 때문이다. 미국에 가서 영어와 경영학을 공부하겠다고 마음먹었다. 많은 기업은 마케팅에 관련한 인재를 필요로 했다. 그런데 현실은 엄마를 설득하는 것이 우선이었다. 설날 세배를 하고 엄마한테 앞으로의 계획을 장황하게 늘어놓고 있는데 전화벨이 울렸다. 어릴 적 친자매처럼 지냈던 미국에 사는 사촌 언니한테 걸려 온 전화였다. 미국에 간다고 호들갑을 떨면서도 언니가 미국에 살고 있다는 사실을 전혀 인지하지 못했다.

"경아야, 너 혹시 미국에 오고 싶은 생각 없니? 어학 공부도 하고 일도 하면서 돈도 벌 수 있는데……."

그 말에 나는 묻지도, 따지지도 않고 무조건 간다고 말했다. 엄마를 설득할 사람이 나타나기도 했지만 막연한 기대감 뒤에는 두려운 마음도 컸던 게 솔직한 심정이었다. 언니는 기적처럼 나타난 구세주였다. 아마 엄마가 고모한테 내가 느닷없이 미국에 간다고 하소연했고 고모가 또다시 언니에게 내 근황을 알린 모양이다.

언니는 뉴욕과 보스턴 사이에 있는 코네티컷주에서 규모가 제법 큰 뷰티숍을 운영하고 있었다. 내가 가기로 한 학교는 뉴욕 퀸스에 있는 작은 동네 플러싱이었다. 그곳은 뉴욕에서 한국 사람이 가장 많이 사는 곳이기도 했다. 막연히 두려움보다 설렘이 내 안에 자리했다.

2년 동안 번 돈으로 비행기에 올랐다. 태어나서 처음 나가는 해외이자 처음 타보는 비행기였다. 열네 시간이 짧게만 느껴졌다. 마음은 두근두근 구름 위를 떠다니고 있었다. 뉴욕공항에 도착하니 언니와 형부가 마중을 나와 있었다. 공항을 빠져나와 언니 집으로 가는 길이 마냥 신기했다. 일단 언니 집에서 짐을 풀고 준비해 놓은 음식을 맛있게 먹었다.

언니는 함께 살자고 했지만 사양했다. 반쪽짜리 독립을 원했던 건 아니기 때문이다. 언니 집에서 며칠 신세를 지고 스튜디오로 거처를 옮겼다. 그곳에서는 고시원 같은 원룸을 스튜디오라고 부른다. 이로써 완전한 독립을 이뤘고 내 독립기념일은 1997년 2월 18일이다. 그때부터 혼자 생각하고 혼자 생활하는 '혼생일기'를 쓰기 시작했다.

이제 여기 온 첫 번째 목적인 영어 공부에 몰입해야 한다. 외국인을 대상으로 대학에서는 3개월부터 1년까지 어학연수 프로그램을 운영하고 있었다. 미국은 1월 중순에 2학기가 시작되고 5월 중순에 학기와 학년을 마친다. 그러고 나서 9월에 새 학기가 시작된다. 나는 2학기를 시작하는 반에 합류했다. 한국 학생들이 꽤 많았다. 나보다 다섯 살 어린 친구들과 어울려 다니며 공부했다.

한국 친구들은 나를 누나, 언니라고 불렀다. 한두 달은 그들과 공부하는 건지, 노는 건지 모를 만큼 재미있었고 새로운 경험이 신기하기만 했다. 그들은 학비는 물론 먹고 자는 고민이 전혀 없는 것처럼 보였다. 매주 금요일 밤마다 클럽을 쫓아다니는 아이들이 있는가 하면, 주말마다 맨해튼에서 쇼핑하고 브로드웨이 공연을 보는 아이들도 있었다. 처음 한두 번은 얼결에 어울려 다녔지만, 그들은 나와는 처지가 사뭇 달라 보였다. 라면과 김밥 한 줄이 주는 감사함을 모른다고나 할까. 멀쩡한 직장을 박차고 나온 내 간절함과는 차원이 달랐다.

3개월이 지나자 주변 환경을 탓하고 있는 내가 보였다. 자급

자족 생활에 도전했다. 일단 한국과 별반 다르지 않은 플러싱을 떠나기로 했다. 사촌 언니와 형부한테 조언을 구했고 언니가 운영하는 뷰티숍 근처로 숙소를 얻었다. 언니는 피부 관리, 왁싱, 네일을 하는 토털 뷰티살롱을 운영하고 있었다. 언니에게는 숍에서 전화 예약을 받고 차를 서빙하고 응대하며 청소할 사람이 필요했다. 언니 숍에서 주말 아르바이트를 하기로 했다.

그런데 마땅한 학교를 찾는 게 쉽지 않았다. 그렇다고 허송세월을 할 수도 없었다. 사설 학원으로 다니기로 했다. 다행히 일본, 중국, 이탈리아, 멕시코 등 다양한 국적의 친구들을 만날 수 있었다. 엄마 아버지에게 손 벌릴 생각은 추호도 없었다. 수업을 마친 오후에는 숍에서 돈을 벌었다. 여전히 아침은 던킨도너츠, 점심은 맥도날드, 저녁은 신라면으로 끼니를 때웠지만 다이내믹한 하루하루를 보냈다. 나만의 만찬을 즐기며 '혼생일기'는 감사 일기로 변하고 있었다.

"오늘 아침 도넛과 커피를 먹을 수 있어 감사합니다. 오늘 점심은 햄버거와 포테이토까지 먹을 수 있어 감사합니다. 오늘 저녁은 라면과 김밥을 먹을 수 있어 감사합니다."

숍 경험은 완전 신세계로 문화 충격이었다. 돈을 주고 손톱, 발톱을 관리하는 사람이 너무나 많았다. 고객이 쭉 앉아 있고 한국인들이 흰 가운을 입고 손과 발을 관리했다. 사실 이 아이템으로 비즈니스를 한다는 게 더 신기했다. 더군다나 한국인들이 미국 시장을 선점하고 사업을 하고 있었다.

미국에서 한국 사람들이 잡화점, 세탁소를 점령했듯 네일숍도 한국 사람들이 하는 주요 사업이라 했다. 많이 놀랐다. 많은 여성이 일주일에 한 번씩 꼬박꼬박 손과 발을 관리한다. 메이크업은 안 해도 되지만 네일을 안 하면 매너 없는 사람으로 여긴다. 다행히 아르바이트는 어렵지 않았다. 한국 사람이 주 고객인 플러싱 맥도날드 파트타임에 비하면 아무것도 아니었다.

이렇게 나는 네일과 인연을 맺었다. 지금 생각해도 그 당시 네일 관리를 받는 사람이 신기하게 느껴졌을 뿐 내 평생직업이 될 줄은 상상하지 못했다. 당시 내게는 그저 아르바이트일 뿐이었다. 일단 영어를 사용하는 고객이 많아서 좋았다. 일부러 말을 걸기도 하고 재미있는 이야기를 만들어서 떠들어댔다. 금요일 밤 '혼생일기'는 주말에 오는 손님과 무슨 대화를 할 것인지 준비하는 목록이었다. 덕분에 쓰기와 말하기를 꽤 빨리 적응했다.

언니와 형부를 비롯해 그곳에서 일하는 분들 모두 나를 좋아했다. 요령 있게 일도 곧잘 한다고 칭찬했고 매장 분위기도 밝아졌다고 했다. 주말에 맨해튼으로 놀러 가고 클럽에 가는 것보다 훨씬 재미있었다. 그런데 함께 일하는 한국인들이 나이가 많았고 영어가 서툴러 고객과 대화하기가 쉽지 않았다. 나는 간단하게라도 네일 서비스와 관련한 영어 문장을 외우게 하는 게 어떻겠냐고 언니한테 제안했다. 모두 좋은 아이디어라고 했다.

영어로 된 응대 매뉴얼을 만들었다. 그렇게 '혼생일기'는 영어로 된 고객 응대 일기로 바뀌어 있었다. 미국행은 분명 내게 찾아올 첫 번째 기회에 대한 준비였다. 명리학에서는 누구나 인생에 기회가 세 번 온다고 한다. 하지만 준비되어 있지 않으면 이것이 기회인지, 그냥 스쳐 지나가는 것인지 알아차리지 못한다. 기회가 언제라도 오겠지 생각하고 준비해야 한다.

준비된 사람은 콩알만 한 기회조차 소중히 여긴다. 준비된 사람은 바늘구멍 같은 기회도 절대 놓치지 않고 성장과 성공으로 활용한다. 준비된 사람만이 기회를 행운으로 바꿀 수 있다.

신기한 건 기회가 기회인지 모르게 오는 경우가 많다는 것이다. 그 당시 내가 있는 공간, 내가 쓸 수 있는 시간, 나와 함께 있는 모든 사람이 내게는 기회였다. 혹시라도 지금 내 옆에 있는 기회가 내 것인지, 누구 것인지 생각하느라 우물쭈물하고 있는가. 카이로스는 기회의 신이라 말한다. 언제까지 카이로스가 날아간 뒷모습만 보고 있을 텐가. 카이로스의 앞머리를 잡아당길 준비를 하는 건 어떨까.

나의 유일한 무기는 '간절함'이다

"경아야! 너 지금이 몇 시인 줄 알아? 학교 안 가? 오늘도 지각이야."

겨우 눈을 뜨고 시계를 보니 여덟 시가 막 지나갔다. 이불을 박차고 나와 씻는 둥 만 둥 얼굴에 물만 바르고 집을 나섰다. 1교시 10분 전. 조회하는 담임선생님과 함께 교실로 들어간 적이 한두 번이 아니었다. 친구들은 아침 자습을 마치고 수업을 준비하고 있는데 나는 허겁지겁 가방을 풀었다. 어떤 날은 출석을 부를 때 교실 문을 열고 들어가면서 대답하기도 했다. 게으름뱅이라 불릴 만하다.

쉬는 시간에는 떠들기 바빴다. 점심시간에도 〈토요명화〉, 〈명작극장〉, 〈드라마 스토리〉 등 연예 뉴스로 친구들과 연예 기사를 쓸 판이었다. 친구들이 나를 연예부 기자라고 불렀다. 그도 그럴 것이 ≪주니어≫ 학생 잡지의 기자로 활동해 더 그렇게 불렀다. 고등학교 때 게으름뱅이 연예부 기자였던 나는 모범생과는 거리가 멀었다. 겨우 대학에 입학하고서도 게으름 병은 나아지지 않았다. 오죽했으면 분식점에서 알바할 때도 사장님이 나를 '땡순이'라고 불렀겠는가.

옛날 생각이 나는 건 향수병이다. 미국 생활 한 해가 흘렀다. 엄마 잔소리 없이도 아침에 벌떡 일어난다. "엄마 밥 줘!"라는 아침 인사를 할 사람도 없다. 아침밥을 거르기 일쑤다. 동생들과 아침마다 옷 때문에 싸울 일도 없다. 특별히 멋 낼 일도 없어 청바지와 티셔츠로 충분했다. 신나게 직장 상사를 흉보며 수다를 떨 동료도, 친구도 없었다.

주중에 리포트 제출을 위해 서투른 영어로 토론하는 일이 대화 전부였다. 주말에는 퉁퉁 부은 다리를 만져가며 온종일 일했다. 플러싱에서 석 달간 적응했다고 생각했는데 그건 철모르고 자유를 만끽하느라 힘들기는커녕 재미있고 새로운 일을 즐긴 것뿐이었다. 그런 와중에도 슬슬 외로움이 몸속으로 기어들어 오고 있었다. 독립을 희망했던 '혼생일기장'은 볼펜 자국이 눈물로 흐릿하게 얼룩졌다. 향수병이 온몸 여기저기 들러붙어 떨어지려 하지 않았다. 내 가슴에도, 머리에도, '혼생일기장'에도.

다행히 주말이면 한국 아주머니들이 싸주신 도시락을 같이 먹었다. 한국 반찬에 밥을 먹을 수 있었다. 가끔 아주머니와 언니가 반찬을 싸주기도 했다. 늦은 밤, 혼자 라면과 반찬을 먹노라면 목이 메었다. 가족과 친구들이 보고 싶었다. 엄마한테 편지를 자주 썼고 동생들과는 이메일로 자주 소식을 전했다. 엄마와 통화를 할 때면 엄마 목소리만 들어도 눈물이 왈칵 쏟아졌다. 외로움으로 미국 생활의 힘듦이 더 무겁게 다가왔다. 엄마는 눈물 섞인 내 목소리를 듣고 따라 울었다. 아무런 대화도 없이 울다 전화를 끊은 적도 많았다.

게다가 둘째 동생이 호주로 워킹홀리데이를 준비한다며 엄마를 설득해달라는 메일을 보내왔다. 일 년 전과 똑같은 상황이 오버랩했다. 엄마는 나 때문에 둘째 동생도 콧바람이 났다며 내 탓으로 돌렸다. 1997년 말 한국은 IMF 관리체제를 선언했다. 대기업까지 줄줄이 도산했으며 친구들은 간신히 연명하듯 회사에 다니고 있었다. 둘째 동생도 취업 대신 호주로 도피하러 가는 셈이다. 이런 상황에서는 다시 한국으로 돌아간들 뾰족한 수도 없었으니 향수병을 이겨내야만 했다.

1998년 2월 18일, 내 독립기념일 1주년이다. 깨워줄 엄마도, 밥을 차려주는 사람도 없었다. 빨래와 청소를 대신 해줄 사람도 없었다. 더는 게으름을 피울 수도 없고 한가하게 미국 드라마나 보고 있을 수도 없었다. 하나부터 열까지 나는 '혼자서 모든 걸 해야 한다'라는 강박으로 유난을 떨었다. 한국에서 가져온 밑천이 바닥을 드러내기 시작했다. 당시 환율은 날이 갈수록 치솟아 1달러에 거의 2천 원까지 육박했다. 이 와중에 집에 손을 벌릴 수는 더더욱 없었다.

어설픈 영어 실력으로 한국으로 돌아간다는 게 더 두려웠다. 이대로라면 다시 백수 시절로 돌아갈 게 뻔했다. 실직자가 넘쳐나는 이 마당에 희망이 보이지 않았다. 무엇으로 살 것인가, 어떻게 살 것인가 매일매일 고민했다.

이곳에서 돈을 벌어야 했고 무조건 일해야 했다. 그리고 미국으로 온 두 번째 목적인 마케팅을 공부하는 방법을 찾아야 했다. 현실은 주중에 어학원을 다니고 있는 처지니 한심하기 짝이 없다. 미국 대학에 입학하는 건 꿈도 못 꿨다. 돈도 없거니와 지금 영어 실력으로는 엄두도 안 났다. 뉴욕 유학원과 연계된 대학과 몇몇 대학의 윈터스쿨과 서머캠프는 방학 동안 각각 8주간 진행되는 과정이었다.

비즈니스 과정뿐 아니라 심리학, 문학 등 관심 가는 수업이 많았지만, 금전 문제와 시간이 발목을 잡았다. 일단 목표로 세운 것부터 등록했다. 대부분 재학생과 입학 준비를 하는 현지 학생들이었다. 난 철저한 이방인이었다. 나이는 많고 영어는 미숙아 수준인데다 멍청해 보이는 표정으로 알아듣지도 못하고 필기도 못하는 내가 당연히 이상해 보였을 것이다. 그런 내가 안쓰러웠는지 친구들의 노트가 하나둘씩 책상에 쌓이면서 부교재가 되었다.

지금도 뉴욕의 겨울을 잊지 못한다. 누구는 뉴욕 교외에 있는 롱아일랜드 롱비치를 보며 겨울 풍경을 감상했겠지만 나는 커피 한잔으로 하루의 고됨을 위로해야 했다. 고속버스와 뉴욕 지하철을 번갈아 타고 학교에 가는 일은 끔찍했다. 게으름뱅이가 하기 싫은 공부를 하느라 땡땡이치며 졸업장에만 매달렸던 나였다. 그런 내가 두 시간 일찍 준비하고 집을 나서야 했다.

우리나라 대중교통이 얼마나 놀라운지도 이때 알았다. 주말에 눈이 오면 종일 뷰티숍 앞 주차장에 쌓인 눈을 치우는 일은 내 몫이었다. 눈물이 얼굴을 타고 계속 흘렀다. 누가 볼까 창피해 고개를 푹 숙이면 눈물방울이 눈 위에 선명하게 박혔다. 어릴 적 눈을 밟으며 발자국 만들기 놀이를 할 때와는 천양지차이다. 몸도 마음도 초라하게 쪼그라들었다. 그런 나를 위로했다. 애써 나를 격려하고 칭찬했다.

'젊어서 고생은 사서도 한다고 했어. 지금 넌 잘하고 있어!'

이렇게라도 돈을 벌고 시간이 있다는 것에 다시 한번 감사했다. 유일한 나의 무기는 '간절함'이었다. 당장 주 2.5일 일하는 주급으로 끼니를 때웠다. 철없던 학창 시절이 한없이 부끄러웠다. 집나오면 철이 든다는 옛말이 와닿는다. 어느 순간 향수병이니 뭐니하는 감정은 사라졌다. 그럴 시간이 없었다. 향수병은 나의 간절함을 채우는 데 방해꾼이었다. 공부도 해야 하고 돈도 벌어야 한다. 그러지 않으면 안 된다!

또다시 부끄러운 나로 살고 싶지는 않았다. 먹고 자는 것도 잊을 만큼 절실함이 나를 깨우고 있었다. 지금이 아닌 앞으로 무엇을 할 것인가? 이 질문에 대한 답을 찾아야 했다. 간절함은 강력한 무기가 되었으며 간절한 마음으로 행동 규칙을 만들었다. 매일 아침 집을 나서면서 간절한 생각을 말로 끄집어냈다. 나 스스로에 대한 확신을 주기 위함이었다.

주중에는 학교에서 하루 한 가지 이상 질문하기를 목표로 세웠다. 질문하려면 공부를 해야 했다. 주말에는 철저히 직장인으로 눈치코치 빠르게 움직였다. 내게도 1달러, 2달러씩 팁을 주는 고객도 생겨났다. 바쁘게 몸을 움직였다. 쉼 없이 공부하고 일했다. 나의 유일한 무기는 간절함이었다.

모든 사람한테는 공평하게 24시간이 주어진다. 시소를 타듯 자유 시간과 노동 시간의 균형을 맞추는 건 나의 몫이다. 24시간의 밀도를 어떻게 무엇으로 채울 것인가는 나의 몫이다. 밀도가 높은 삶을 원한다면 간절히 바라는 것이 무엇인지부터 생각해야 한다. 그다음 행동 규칙을 만들어야 한다. 나는 간절한 생각과 간절한 행동으로 내 24시간을 채웠다.

네일로 내일을 시작하다

눈을 돌려 네일숍을 바라보았다. 뉴욕 맨해튼에는 꽤 큰 규모로 네일숍을 운영하는 한국인이 많았다. 부부가 서로 도와가며 네일숍을 운영하고 있었다. 동생과 친구들에게 메일을 보냈다. 혹시 한국에 네일숍이 있는지, 있다면 어떻게 운영하고 있는지 알아봐 달라고 했다. 친구와 동생 역시 내 네일숍 아르바이트를 신기하게 생각했다. 아르바이트가 생계가 되었고, 그 생계가 내 평생직업이 될 수 있을지 진지하게 고민했다.

이제 점점 한국으로 돌아가야 하는 시간이 다가오고 있었다. 답장이 왔는데 가슴이 쿵쾅거렸다. 네일숍이 백화점에서 영업 중이며 네일 관리를 받기 위해 사람들이 줄지어 서 있다며 사진을 보내왔다. 처음 여기서 봤을 때보다 더 놀라웠다. 네일숍이 2년 반 사이에 한국에서 생긴 것이다. 더군다나 지금 한국은 IMF 관리체제를 겪는 상황이었다. 국민은 금 모으기를 하고 있는데 네일 아트를 하겠다고 줄지어 있는 사진은 내 가슴을 뛰게 했다. 서비스 가격도 만만치 않게 비쌌다. 미국보다 비싼 서비스도 있었다. 국가는 부도 상태지만 돈 많은 여자가 미를 추구하는 욕구는 하늘로 치솟고 있었다.

나는 갑자기 마음이 급해졌다. 윈터스쿨을 마치면 한국으로 돌아가야 했다. 이제 남은 시간은 석 달 남짓이다. 내가 왜 이 기술을 배울 생각을 안 했을까. 언니와 형부 옆에서 매니지먼트만 관심 있게 봤다. 기술을 배워야겠다는 생각을 안 한 게 후회되었다. 그런 기회가 없었던 것도 아닌데 지금이라도 언니한테 매달려야 했다.

언니에게 사진을 보여주니 역시 깜짝 놀랐다. 언니는 가장 쉬운 발 관리부터 해보라고 했다. 어깨너머로 본 것을 아는 척했다. 눈썰미가 있다고 자신했다. 아니 믿고 싶었는지 모른다. 하지만 내 실력은 엉망진창인 데다 손발톱에 상처를 내기를 반복했다. 한번은 제대로 사고를 쳤는데 고객의 발뒤꿈치 살을 베어버린 것이다. 물을 받아놓은 스파 기계에 핏물이 뚝뚝 떨어졌다. 내 등줄기에서도 식은땀이 주르륵 흘렀다.

급한 성격과 빨리 배우고 싶다는 욕심으로 이런 불상사를 몇 번이나 겪었다. 언니 숍이었으니 망정이지 당장 쫓겨났을 게 뻔했다. 네일리스트 옆에서 따라 하며 제대로 배우지 못한 것이 후회막심이었다. 한편으로는 빨리 한국으로 돌아가 직접 내 눈으로 확인하고 내가 할 수 있는 일인지 알아봐야겠다고 생각했다. 미국에서 미래 가치는 봤고 의심의 여지가 없었다. 다만 네일이 사치라고 생각하지 않을지, 사람들의 시선을 의식하지 않을지, 한국에 가서도 과연 이 일을 할 수 있을지 끊임없이 스스로한테 질문했다. 설렘과 두려움이 교차하고 있었다. 한국으로 돌아가기 전까지 모든 기술을 배우는 건 역부족이었다. 이곳에서의 경험을 재산이라 생각하고 아쉬움과 후회를 뒤로한 채 미국을 떠나왔다.

2년 반 만에 집으로 돌아왔다. 집에 도착하자마자 짐가방을 내팽개치고 집을 나섰다. 집과 가장 가까운 백화점으로 갔다. 내 눈으로 직접 확인하고 싶었다. 신선한 충격이었다. 1층에 네일숍이 보였다. 훤칠한 키에 몸매 좋은 남자 네일리스트한테 풀코스 관리를 받았다. 당시 서비스 가격이 2만 2천 원. 이미 국내에 쌔씨네일(SASSINAIL)이라는 브랜드가 L백화점과 H백화점에 여러 개 입점해 있었다.

유행처럼 네일숍과 네일 학원들이 퍼져나가는 듯했다. 신문이나 잡지에서 여러 브랜드의 네일 학원을 꽤 많이 볼 수 있었다. 그중 쌔씨네일을 눈여겨보았다. 백화점에 입점한 데다 압구정에 본사를 두고 학원도 같이 운영하고 있었다. 일단 찾아가야겠다고 마음먹었다. 무작정 이력서와 자기소개서 프로필 파일을 들고 들뜬 마음으로 찾아갔다. 생각보다 규모가 작았다. 사무실은 이십 평 남짓한데 책상은 달랑 네 개인데다 소파는 복도에 버린 건지 원래 그 자리인 건지 알 수 없게 내버려져 있었다.

"방금 전화한 박경아입니다. 면접 볼 수 있나요?"

다짜고짜 면접을 볼 수 있냐고 묻고는 이력서와 프로필을 건넸다. 금성에서 온 여자를 화성에서 온 남자가 눈만 껌벅거리며 쳐다봤다. 문을 열고 들어가니 사장 방이다. 책상 하나와 작은 4인용 소파가 전부다. 눈을 껌벅거리던 젊은 남자가 사장이었다. 너무 젊은 데다 남자라는 사실이 놀라웠다. 면접인지 인생 교육인지 헷갈리는 면접을 장장 네 시간 동안 봤다. 밑도 끝도 없이 불쑥 찾아온 내가 그도 좀 이상했나 보다.

"일단 수내역 L백화점에서 일주일 동안 일해 보세요. 할 수 있는지 스스로 판단하고 나서 다시 연락합시다."

사실 난 기술이 없는 거나 마찬가지고 그나마 기술이 있다 하더라도 좋은 기술을 가지고 있는 것은 아니다. 그런데 매장에서 먼저 일을 해보란다. 신선하고 주목받는 새로운 일을 할 수 있겠다는 생각은 혼자만의 착각이었다. 규모가 큰 회사고 벤처기업일 거라는 추측도 사라졌다. 기획이나 홍보팀 업무는 잘할 수 있다고 어필했지만 그런 업무가 필요한 규모도 아니었다.

네일 서비스는 내가 잘할 수 있는 일도 아닌 데다 해보고 싶은 일도 아니었다. 순간 갈등했다. 이 일이 기회가 맞을까? 나를 테스트해보려는 건가? 하지만 '밑져야 본전이다.' 며칠 뒤 나는 수내역

L백화점으로 갔다. 예쁘게 생긴 여자가 차렷 자세로 서 있었다. 매장에 들어서니 내가 고객인 줄 알았나 보다. 본사에서 내가 갈 거라는 설명을 전혀 듣지 못한 눈치였다. 어쩌면 내가 안 갈 거라고 짐작하고 전달하지 않았는지도 모르겠다.

'오히려 잘됐다. 이 일을 어떻게 하는지, 매장에서 내가 해야 하는 일이 뭔지 물어보자.'

그녀는 매장 관리를 하는 본사 팀장으로 수내점에서 매장 지원을 하고 있었다. 고객도 없고 심심했던 모양인지, 내가 하는 질문에 친절하게 대답해줬다. 그러고는 학원에서 기술을 배우라고 강조했다. 하지만 나는 학원은 가지 않겠다고 단호하게 말했다.

"저 여기서 일하게 해주세요. 무급으로 일할 수 있어요. 조금은 경험이 있어요."

당시 학원비가 천만 원이 넘었다. 그 돈을 쓰느니 무급으로 여섯 달 동안 일하는 게 더 가치가 있을 거라고 판단했다. 그렇게 본격적인 네일 인생이 시작되었다. 엄마는 또다시 노발대발했다. 무급으로 일한다고 하니 얼마나 기가 막히겠는가.

"멀쩡한 네가 남의 손톱에 낀 때를 왜 벗겨줘! 시집이나 갈 것이지, 이제야 고작 한다는 일이……."

당연한 반응이었다. 본 것도 들은 것도 없는 엄마를 또 설득해야 했다. 지금도 나의 두 아들은 말한다.

"우리 엄마는 도전을 잘해!"

책을 쓰겠다고 다짐했을 때도, 신규 사업을 출시했을 때도 주변 사람들은 그런 말을 했다. 도전에는 당연히 희생이나 고통이 따르는데 지금도 여전히 나는 도전을 즐기고 있다. 어쩌면 '아님 말고!' 일단 하고 보자는 식의 태도는 아빠한테 물려받은 행동파 유전자 때문인지도 모른다. 돌이켜보면, 학생 기자, 사보 기자, 사랑방과 스키동아리를 만든다고 손을 들었던 거나 회사를 그만두고 미국으로 간 것도, 취업하겠다고 나선 것도 '일단 해보자!'는 도전이었다.

또다시 도전이 시작되었다. 기술도 없으면서 기술자인 척해야했다. 무급이어도 상관없다고 선언했다. 일주일 아니 여섯 달 뒤어떻게 달라질지 모른다. 오히려 첫 직장에서는 안개처럼 희미하고 자욱했던 미래가 지금은 파란 하늘이 보이는 것 같았다. 희망이보였다. 여섯 달 동안 학원 대신 무급으로 일하면서 배우자. 이 매장에서 원장처럼 일하자. 여섯 달 후 '그레이스 네일숍' 원장을 꿈꾸며 출근했다. 그레이스는 나의 영어 이름이었고 하루도 그 꿈을 버린 적이 없었다.

창업하면 인테리어는 어떻게 할까? 유니폼은 무슨 색깔, 어떤 디자인으로 할까? 로고는 어떻게 만들까? 아침마다 매장으로 향하는 발걸음이 가벼웠다. 여전히 신나는 도전을 하고 있었다. 하지만 나의 즐거운 도전을 주위 사람들은 달가워하지 않았다. 가족과 친구들은 열정페이도 아닌 무급으로 일하고 있는 나를 바보 아닌 바보로 취급했다.

'도전 끝판왕'이라 불리는 청년 탐험가 이동진이 한 말이 떠오른다. 오지 탐사대로 히말라야를 등반할 때도, 아마존 정글 마라톤에 도전할 때도, 사막 횡단을 할 때도 어느 한 사람도 권유하지 않았다고 한다. 모두가 하나같이 말렸지만 딱 한 사람, 그곳에 갔다 온 사람만이 가보라고 격려했다고 한다. 주위 사람들의 시선 때문에, 그들의 부정적이고 비판적인 조언이나 충고 때문에 꿈을 포기할 수 없었다고 했다. 그는 젊은 나이에 누구도 해보지 못한 일을 성취한 이력을 꽤 많이 만들었다. 한번 도전에 성공하자 자신감과 용기가 생겼고 계속 도전해 '무한도전자, 도전 끝판왕'이라는 별명을 얻었다.

그렇다. 엄청난 폭풍우와 해일이 몰아쳐도 어부들은 그들의 생존 공간인 바다에 또 나선다. 두려움이나 불안감 따위는 없다. 나 역시 매일 아침 도전장을 내며 출근했다.

무급 알바 딱지 떼기

자기주도학습이 계속됐다. 유일한 스승은 OPI 홈페이지였다. 케어는 어느 정도 가능했지만 아트를 하거나 손톱을 연장하거나 찢어진 손톱을 붙여야 할 때는 난감했다. 당장 그런 기술을 가르쳐 줄 수 있는 사람도 없었다. 요즘은 유튜브에서 엄청난 정보와 자료가 쏟아지지만, 그 당시에는 포털 검색을 해도 신생 비즈니스에 대한 자료가 많지 않았다. 미국 OPI 사이트를 뒤지거나 검색을 타고 들어가 하나씩 모은 자료를 보면서 공부했다.

제품의 성분을 공부하고 간간이 찾은 동영상을 보고 또 보면서 머리와 눈으로 외웠다. 손톱 구조학과 피부 이론은 웬만한 전문가처럼 읊었다. 항상 어떻게 하면 전문가처럼 보일지 고민했다. 그런데 전문가커녕 어떻게 하면 슈퍼울트라 왕초보라는 걸 들키지 않을지 전전긍긍했다.

이론 공부를 통해 말로 기술을 이기는 방법을 택했다. 아니 지식으로 기술을 보완하는 방법을 찾았다고 해야 맞다. 그래서 지식 기술자가 되겠다는 구호를 내걸었다. 기술은 형편없어도 고객에게 다른 방법으로 접근했다. 나만의 특화된 비법은 손톱에 대한 지식을 알려주는 것이었다. 손톱 관리 방법은 물론 손톱의 중요성, 손톱 자르는 방법 등을 설명했다. 다행히 고객들이 내 말에 귀 기울였다. 그리고 어설픈 내 기술을 눈치채지는 못했다.

그렇게 하면서 조금씩 자신감을 찾았고 초보처럼 안 보이는 방법을 매일같이 연구했다. 일단 네일 이론을 자세히 설명하는 방법은 단연 최고였다. 모두 고개를 끄덕이며 내 설명을 들었다. 고객 상태를 정확하게 진단한 후 제품 구매와 홈케어를 해야 할 필요를 어필했다. 고객들은 내 말을 이해한 만큼 제품을 구매했다. 나는 제품을 구매한 모든 고객에게 무료로 네일 관리 서비스를 했다.

그러는 와중에 형편없는 기술로 수많은 고객의 손에 상처를 냈다. 오늘은 상처를 내지 말아야지 하는 다짐을 하면서 출근할 정도였다. 나 혼자만의 프로젝트도 만들었다.

'No 상처! 100일 프로젝트!'

지금 생각해도 어이가 없다. 반창고를 꽁꽁 붙여가며 약국에서 약을 사다 나르고 고객 불만이 접수되면 사유서를 밥 먹듯이 썼다. 그나마 다행인 것은 제품 구매 후 무료 서비스를 받은 고객들의 불만은 별로 없었다는 것이다. 웃는 얼굴에 침 못 뱉는다고 너스레를 떨며 고객들을 응대했기 때문일까. 아마도 명품 비서 시절에 배운 매너 덕분이 아닐까 싶다.

첫 출근 이후 나는 단 하루도 쉬지 않고 일했다. 한 달이 지났는데도 팀장은 전화로만 소식을 전했다. 그때도 나는 스스로 그레이스 원장이라 칭했다. 매일매일 긴장하고 대체 근무자가 없어 쉴 수도 없는 상황이었지만 불평불만은 하지 않았다. 혼자서 감당해야 하는 매출액도 있었지만 어떻게든 만들어 내려고 머리를 쥐어짰다.

오늘은 무슨 일이 벌어질까? 어떤 고객을 만날까? 매출은 얼마나 될까? 백화점은 매월 하루 정기휴무가 있지만 4월은 4월 1일이 그랜드 오픈으로 정기휴무가 없었다. 5월은 가정의 달로 특수를 노려야 해서 정기휴무를 없앴다. 6월이 되자 백화점 내 동선 곳곳에 '6월 13일 정기휴무' 안내문이 붙었다. 그때까지는 힘을 내야 했다. 그날은 게으름뱅이라는 소리를 들어도 좋으니 허리가 아플 때까지 늦잠을 자야겠다.

6월 13일만을 기다렸건만 아침에 팩스 한 장이 들어왔다. 6월 13일 오전 8시 30분에 영업 회의가 있으니 전월 영업 결과 보고서와 당월 계획서를 가지고 전 점 매니저는 본사 회의에 참여하라는 내용이었다. 늦잠을 잘 수 있다는 희망도 금세 사라졌다. 나는 A4 용지에 5월 영업 내용과 실적을 적고 여전히 혼자 이뤄야 할 6월 영업 목표와 계획을 빼곡히 작성했다. 늦잠을 포기한 채 본사로 향하면서 어떻게 회의하는지, 무엇을 논의하는지 궁금했다.

회의실에서 만난 젊은 사장은 나를 의아하게 쳐다봤다. 면접 이후 처음 만나는 자리였고 매니저도 아닌 내가 그 자리에 왔기 때문이었다. 얼결에 고개를 까딱 인사했고 내가 주제넘은 짓을 했나 생각했다. 하지만 수내점은 직원이 나밖에 없는 상황이라 참석해야만 할 것 같은 책임감과 의무감은 의심의 여지가 없었다. 나는 그날만큼은 수내점 대표로 참석한 그레이스 네일숍 원장이었다.

가장 규모가 크고 매출이 많은 명동점 매니저부터 발표를 시작했다. 나는 꿔다놓은 보릿자루처럼 맨 끝자리에 앉아 있었다. 이윽고 내 차례가 되었어도 사장은 발언권을 주지 않았다.

"사장님! 저도 준비해왔습니다."

나는 손을 들면서 사장 대답도 듣기 전에 준비한 자료를 발표했다. 발표가 끝나자 사장은 회의록에 뭔가를 적더니 주변을 환기하는 표정과 눈빛으로 말했다.

"오늘부로 롯데 수내점 매니저로 박경아 씨를 임명합니다."

순간 내 귀를 의심했다. 기술도 없고 경력도 없는 그저 무급 알바인 내가 43일 만에 승진한 것이다. 사장은 나를 매니저로 임명한 이유를 이렇게 설명했다.

"첫째, 내가 이 년 동안 영업 회의를 해왔지만 이런 아이디어는 처음이고 매우 창의적인 아이디어입니다."

5월, 6월 첫 번째 영업 전략은 백화점 의류매장과의 컬래버레이션이었다. 마네킹이 입고 있는 옷에 어울리는 색깔을 인조 손톱에 바르고 마네킹의 손에 붙였다. 옷을 사서 그 인조 손톱을 가져오면 같은 색깔을 고객의 손톱에 발라주는 행사를 진행했다. 신규고객을 유치하는 방법이었고 의류매장 매니저를 내부 고객으로 만들기 위함이었다.

두 번째 영업 전략은 응모권 추첨 행사다. 내가 매장에서 대기자세를 하고 있으면 고객들이 "동전 좀 바꿔주세요."라며 천 원짜리를 내밀었다. 바로 우리 매장 옆에 식품관으로 내려가는 무빙워크가 있고 옆으로 카트가 줄지어 있으니 상황상 나를 카트에 사용하는 동전 바꿔주는 사람으로 착각할 만했다. 거기서 착안해 동전을 바꿔주고 응모권 행사를 진행했다.

고객의 이름과 연락처를 받아 영업 노트에 메모했다. 일주일 뒤 고객에게 전화해서 "축하드립니다. 당첨되셨으니 매장으로 나오시면 무료로 손 관리를 해드립니다."라고 말했다. 혼자서 매출을 다 만들어낸 거나 다름 없었다. 방문 고객은 무료로 서비스받고 제품과 서비스권을 구매했다. 그렇게 해서 6월은 5월보다 실적이 높을 거라고 발표했다.

"둘째, 박경아 씨는 매니저도 아닙니다. 입사한 지 한 달밖에 안 된 신입 사원입니다. 그리고 한 번도 쉬지 않고 일한 걸 알고 있습니다. 그런데도 자료를 준비해서 회의에 참여한 주인의식을 높이 평가합니다."

물론 나도 회의에 참석하자니 신경은 좀 쓰였어도 또 한편으로는 당연히 참석해야 했다. 이미 나는 그레이스 네일숍 원장이니 돈 주고도 배우지 못할 중요한 배움이 있다고 생각했다. 나의 이기적인 열정을 젊은 사장은 주인의식으로 재해석해 높이 평가했다.

"셋째, 신입 사원으로 특별한 기술이 없는데도 불구하고 780만 원의 매출을 올렸습니다. 기술이 뛰어난 경력자보다도 우수한 영업 실적입니다."

사실 나 스스로 칭찬받을 만하다고 자부하고 있었다. 나는 4월에 팀장 혼자서 올렸던 매출을 훨씬 능가했다. 나는 기술 면에서는 부족했어도 고객의 손을 연습 삼아 시술하면서 제품을 판매했다. 제품의 성분과 효능을 설명하고 제품을 구매하면 무료로 매니큐어를 서비스했다. 때로는 컬러링 비용만 내면 큐티클을 무료로 관리해주었다.

내 마음대로 원플러스원 행사를 한 것이다. 손 마사지 비용만 내면 컬러링을 무료로 서비스하는 식이었다. 사실 내가 기술을 익히는 방법으로 고객들은 나의 조력자가 되어주었다. 살짝 피멍이 들거나 컬러가 매끈하지 않으면 다시 연습할 수 있는 대상은 고객이었다. 어쨌든 빨리 기술을 연마하는 방법은 고객의 손을 최대한 많이 접하는 거였다.

사장이 내 이기적인 연습 방법을 칭찬해준 것이나 다름없었다. 이 모든 것은 여섯 달 후 원장이 되고야 말겠다는 목표 때문이었다. 그날 이후 나는 정식 매니저 자격으로 영업 회의에 참석했다. 나는 인정받고 칭찬받고 싶었고 성과를 내기 위해 노력했다. 그 이후로 나는 일등을 놓치지 않았다.

평생직장에서 평생직업으로

드디어 나만의 공간을 갖게 되었다. 초등학교 육 년 동안 전학을 네 번이나 다닌 터라 짐 싸는 데는 일가견이 있었다. 아버지 사업으로 인해 이사가 잦아 이삿짐을 싸고 푸는 데 이골이 났다. 내 방이 생겼다 없어지기를 스물다섯 살이 넘도록 반복했다. 어릴 적 이삿날에는 보물 찾듯 구석구석 숨겨져 있던 물건을 찾았다. 꼬깃꼬깃 숨겨놓은 용돈을 발견하면 공돈이 생겼다고 좋아했다.

그날 짐을 풀다 보니 낡은 상자 안에서 케케묵은 종이 냄새가 난다. 일기장이다. 짐을 풀다 말고 펼쳐봤다. 오래된 일기장에는 기억하고 싶은 추억도 있고 지우고 싶은 상처도 있었다. 일기장을 보며 미소 짓기도 하고 자책의 헛웃음도 짓기도 했다. 프레임에 맞춰 공식처럼 작성한 몇 장의 자기소개서와 프로필이 차곡차곡 스크랩된 이력서가 보였다. 취업이 간절했던 마음이 우러나와 한 편의 단편영화 시나리오 같았다. '저 좀 데려가세요'하고 취업 시장에 내놓은 상품 카탈로그 같기도 하고 선거 때마다 정치인들이 공수표를 날리는 정책 공약서 같기도 했다.

이 자기소개서처럼 일하면 인정받지 못할 사람이 하나도 없겠다 싶었다. 맨 아랫줄에는 하나같이 '평생직장이라 생각하고 열심히 하겠습니다'라는 문구가 박혀 있었다. 다행히 나는 첫 번째 회사에서 '평생직장이란 없다'라는 걸 일찌감치 깨달았다. 평생직업만 있을 뿐이다. 그러나 하고 싶은 일을 평생직업으로 가지고 사는 사람은 그리 많지 않다. 두 번째 직장에서는 평생직업으로 사는 법을 찾으려고 했다.

내가 이 일을 받아들인 건 여자가 주 고객이라 전망이 있다고 생각했기 때문이다. 뷰티와 관련한 산업은 4차 산업혁명이 온다해도 사라지지 않을 콘텐츠가 분명했다. 나는 이 일을 하면 평생을 전문 직업인으로 당당하게 할 수 있을 거라고 확신했다. 평생직업으로 확신한 이유를 찾아 나 자신을 설득했다.

첫 번째, 동서고금을 막론하고 손톱은 부와 권력, 아름다움의 상징이다. 아름다움은 모든 여성의 본능이자 욕구다. 얼굴은 물론이거니와 손톱, 발톱으로도 매력을 발산한다. 손톱 관리는 고대 이집트나 중국에서도 오천 년 전부터 왕족이나 귀족과 같은 특권층의 신분을 나타내는 수단이었다. 이집트에서는 헤나라는 관목에서 빨간색과 오렌지색을 추출해 왕족은 짙은 색으로, 낮은 계층은 옅은 색으로 칠했다. 이는 신분을 나타내는 중요한 수단으로 기능했다. 중국에서는 부의 상징으로 손톱을 길렀으며 홍화를 손톱에 바르는 등 상류층만의 화려한 문화를 자랑했다. 우리나라 역시 첫눈이 내릴 때 봉선화 물이 남아있으면 첫사랑이 이루어진다는 손톱의 미와 관련된 이야기가 온다. 여성에게 미의 욕구를 채워줄 수단임이 분명했다.

두 번째는 패션이다. 사람의 눈으로 식별할 수 있는 색은 무려 300가지나 된다고 한다. 300종에다 그 위에 다른 색을 덧칠할수록 더욱더 오묘해진다. 88올림픽 때 육상 선수 조이피스 그리너의 긴 손톱을 기억하는가. 네일 아트는 패션이 되어 빠르게 유행하리라 예상했다. 만약 양 가르마를 타고 한쪽은 파란색, 다른 쪽은 빨간색으로 각기 다르게 염색할 수 있을까? 윗입술은 빨간색으로, 아랫입술은 파란색으로 립스틱을 바를 수 있을까? 네일 아트는 오른손은 빨간색, 왼손은 파란색으로 해도 아무렇지 않다. 네일이 패션이 된다. 스쳐지나가는 유행이 아닐 거라 확신했다.

세 번째는 표준화다. 현재 뷰티 시장이 빠르게 확장되고 있는 것을 실감한다. 그중에서 네일을 선택한 건 세계화가 다른 분야보다 쉽다고 생각했기 때문이다. 흑인, 백인, 황인종 모두 피부 형태나 색이 다르다. 즉 피부 관리법이 다르다. 머릿결 또한 다르다. 흑인종의 곱슬머리, 백인종의 가는 황금 머리카락, 황인종의 굵고 검은 머리카락으로 다르고, 개인마다 전부 다르다.

하지만 손톱은 흑인종, 백인종, 황인종이 모두 같다. 손톱의 구조나 색깔은 인종의 차이가 없다. 기술의 세계 표준화가 다른 미용

분야보다 쉽다는 뜻이다. 국내 네일 문화가 미국보다 30년 정도 뒤처져 있어도 세계화로 갈 것이 분명했다. 나는 평생직업을 찾았다고 확신했고 비로소 네일 인생이 시작되었다.

요즘 취업 준비생은 자기소개서 워크숍, 자기소개서 학원, 면접 스킬 등 취업을 위한 사교육을 받는다고 한다. 입시 사교육에서 취업 사교육으로 흘러가고 있다. 최근 제자가 찾아와 자기 자기소개서를 봐달라고 해서 본 적이 있다. 나는 이력서와 대회 수상 경력, 자기소개서를 찬찬히 읽어 내려갔다. 이 서류를 준비하는 데만 꼬박 사흘 밤을 새웠다고 했으니 정성이 느껴졌다. 제자는 '채용해 주신다면 지금까지의 경험을 통해 회사에 이익이 되는 사람으로 평생직장이라 생각하고 최선을 다해 열심히 일하겠습니다'라는 말로 자기소개서를 끝맺었다. 나는 제자에게 면접관처럼 물었다.

"평생직장이라 생각하고 일할 거니?"

나의 질문에 제자는 "왜요? 이렇게 쓰면 안 되나요? 그럼 뭐라고 써야 하죠?"라고 되물었다. 제자는 직업이나 인생 진로 상담이 아닌 자기소개서에 대한 조언을 받으러 온 것이다. 나는 제자에게 나의 평생직업관에 대해 말해주었다. 직장은 나를 보호할 수 없지만 직업은 내 삶을 보호할 수 있기 때문이다. 그러기 위해서는 전문적인 기술이나 나만의 성공적인 경험을 쌓아야 한다.

한번은 친구한테서 풀죽은 목소리로 전화가 왔다. 그녀는 신세 한탄을 하면서 좋은 대학에 보내려고 이사하고 수백만 원을 들여 고액 과외를 시켰는데 딸이 시험을 망친 모양이었다. 친구는 체념하듯 흐느끼며 푸념을 늘어놓았다.

"공부고 뭐고 차라리 너처럼 기술이나 배우라고 할걸! 공부를 놓을 수도 없고 어떡하면 좋니?"

그녀는 시종일관 자기 얘기만 하더니 전화를 끊었다. 분명 위로를 원했을 테지만, 왠지 위로하고 싶지 않았다. 기술을 폄훼하는 듯한 느낌이 들었기 때문이다. 사실 자주 듣는 말이다. '공부 못하면 기술이나 배워라. 나이 들어도 기술이 있으면 먹고는 산다.' 그들 중에는 기술을 배우는 것은 공부가 아니라고 생각하는 사람도 자주 본다. 기술은 몸으로만 익히는 일인 양 말한다. 하지만 기술은 몸으로만 익히는 일이 아니다. 머리로, 몸으로, 가슴으로 익혀야 한다.

평생직업을 가지려면 프로가 돼야 한다. 프로는 기술이 전문적이라 그 기술로 돈을 벌 수 있지만 아마추어는 가진 기술로 돈을 벌기에는 기술력이 부족할 때가 많다. 내가 평생직업을 선택했다면 프로의 길을 가기 위해 무엇을 하고 있는지 반드시 고민해봐야 한다. 이 일이 평생 나를 행복하게 만들어 줄 수 있는지 생각해봐야 한다. 경제적인 독립이 이 직업으로 가능한지 따져봐야 한다.

명함은 내게 어떤 의미일까?

내게는 명함이 없었는데 매장 명함으로 충분했기 때문이다. 딱히 개인 명함을 주고받을 일이 별로 없었다. 필요할 때면 매장 명함 전화번호 옆에 매니저 박경아라고 썼다. 작은 종이 한 장으로 내가 누구인지 알릴 수 있는 게 명함이다.

얼마 전 엄마와 아빠의 유품을 정리하던 중 명함집을 발견했다. 아빠와 엄마의 이름 중 마지막 글자를 따 상호로 정한 '국내열쇠', '국내도장'에서 우리 가족 여섯 명의 생계를 책임졌던 아빠가 보였다. 오랫동안 아빠는 열쇠와 도장 만드는 일을 했다. 여러 번 사업에 실패하고 건강도 나빠졌지만 마지막까지 놓지 않은 일이었다. 눈시울이 뜨거워지고 가슴이 먹먹해졌다.

명함 상자 안에 색바랜 네모 종이들이 눈에 들어왔다. 내가 처음 대리를 달 때부터 최근 2년 전 명함까지 고스란히 들어 있었다.

나한테도 없는 꼬깃꼬깃한 명함을 아빠는 가지고 있었다. 내가 가는 길을 아빠는 기록하고 간직하고 있었다. 그 상자에 있는 명함은 아빠의 유품이자 내 기록물이었다. 새삼스럽게 방바닥에 명함을 쭉 펼쳐놓으니 파노라마처럼 내 과거가 스쳐 지나간다.

오래전에 있었던 일이다. 딸바보 아빠가 손톱을 물어뜯어 손톱이 거의 없는 딸아이를 데리고 왔다. 나는 그 아이한테 더 이상 물어뜯을 수 없도록 예쁜 손톱을 새로 만들어줬다. 분홍색으로 반짝거리는 새 손톱은 밑으로 흉하게 올라왔던 손톱 살을 완전히 가렸다. 아빠와 딸아이가 좋아하는 표정이 역력하다. 나는 늘 하는 일이지만 고객이 느끼는 감정은 달랐나 보다.

아빠와 딸은 네일숍에는 처음 찾아왔다고 했다. 아이의 아빠는 나에게 앞으로도 이렇게 유지할 수 있는지 묻고 또 물었다. 손톱을 물어뜯는 습관도 고칠 수 있겠냐고도 물었다. 한 번도 손톱을 길러본 적 없는 딸아이와 그 손톱을 바라보는 아빠가 흐뭇하게 웃고 있었다. 나도 덩달아 얼굴에 미소를 머금었다. 내가 건강한 아름다움을 선물해준 것이나 다름없다. 비단 아름다움과 건강뿐이었겠는가.

프랑스의 경제학자 에스테르 뒤플로는 좋은 일자리는 돈이 줄 수 없는 목적의식, 소속감, 존엄성을 제공한다고 했다. 이 일자리는 분명 좋은 일자리다. 다음번 명함에는 뒷면에 일에 대한 목적의식과 존엄성과 소속감을 추가로 넣어야지 하고 다짐했다. 과연 네일 아트에서 이 세 가지는 무엇일까.

네일아티스트는 기술을 파는 직업인이다. 다시 말해 기술 서비스 상품을 파는 일을 하고 있다. 그렇다면 기술을 팔 수 있는 능력과 스킬이 필요하다. 아무리 좋은 기술을 가지고 있어도 고객들한테 팔지 못하면 무용지물이다. 그러기에 많은 네일 테크니션이 고급 기술을 배우기 위해 시간과 비용, 열정을 투자한다.

하지만 정작 그렇게 배운 기술을 팔 수 있는 능력을 키우는 데에는 그만한 노력과 경제적 비용, 시간을 들이지 않는 사람들을 많이 봤다. 기술이 전부라고 생각하는 경향이 있기 때문이다. 기술을 잘 팔기 위한 마케팅과 영업 기술은 간과한다. 마케팅에 성공하려면 고객과 시장이 어떻게 변화하는지 촉각을 세워야 한다. 이런 능력을 갖추면 기술 서비스 상품을 누구보다 잘 팔 수 있다. 이것이 바로 이 일의 목적의식이다.

그리고 이 일의 존엄성은 감성 기술이라는 점이다. 예를 들면, 본죽은 스스로 정성을 판다고 하고, 디즈니랜드는 스스로 행복을 판다고 한다. 그렇다면 나는 무엇을 파는 사람인가.

우리는 건강한 아름다움을 판다.
우리는 드라마틱한 예술을 판다.
우리는 숨겨진 자신감과 자존감을 판다.
우리는 최신 유행을 판다.

많은 것이 기계화, 비대면으로 전환하는 요즘에는 오히려 사람이 직접 해주는 서비스가 더 돋보일 수 있다. 네일 테크니션의 가장 큰 장점은 공감 능력이다. 그들의 다중지능 또는 커뮤니케이션 기술 유형을 테스트를 해본 적이 있다. 80퍼센트 이상이 인간 친화 지능과 피플형의 커뮤니케이션 능력을 지니고 있었다. 고객과의 접점에서 공감 능력이 자연스럽게 키워지기도 하고 매일매일 고객과 만나면서 발휘되기도 한다. 누군가는 아들딸 이야기를 하고 또 다른 누구는 시어머니와 친구, 남편, 직장 상사 이야기를 하며 공감해주기를 바란다. 에너지가 필요한 일이지만 충분히 공감함으로써 고객의 환심을 살 수 있다. 그런 관계를 통해 보람과 기쁨을 느낀다. 앞으로 우리는 기술 서비스가 아니라 감성 기술 서비스를 파는 데 주력해야 한다.

손톱에 꽃을 그리고 정교한 체크무늬를 그리는 손재주가 기술로만 보여서는 안 된다. 고객의 말에 긍정하며 고개를 끄덕이는 행동도 해야 한다. 즉 감성 서비스와 감성 기술을 동시에 파는 것이다. 고객과 만나는 한 시간 동안 단지 기술만 혹은 유려한 화술로만 응대하는 것은 정답은 아니다. 두 사람 간에 따스한 감성이 녹아 있어야 한다.

꽃다발을 주는 사람과 받는 사람이 모두 만족하려면 꽃다발의 포장을 잘해야 한다. 꽃만 팔아서는 안 된다는 뜻이다. 나는 감성 기술로 고객들한테 여유와 행복을 동시에 주는 가치 있는 일을 하고 있다. 이것이 내 일의 존엄성이다.

나는 네일 아트를 하는 사람과 때로는 이런 대화를 한다.

"여러분은 네일아티스트인가요?"

"당연하죠?"

최근에는 홈쇼핑이나 인터넷 쇼핑몰, 약국에서도 네일 스티커를 어렵지 않게 구매할 수 있다. 디자인도 무척 다양하고 품질도 고급스럽다. 네일 아트 프린터는 더 편리하다. 블루투스로 핸드폰과 프린터를 연결하면 핸드폰에 저장된 사진이 10초 만에 손톱 위로 올라온다. 아직은 시장의 반응이 뜨겁지 않아도 조만간 고가의 기곗값이 싸지면 머지않아 그 기계로 손쉽게 네일 아트를 해주는 저렴한 가격대 서비스가 늘어날 것은 자명하다. 네일 아트라 불렸던 영역이 네일 스티커 리테일 상품으로 대체되고 있다. 그런가 하면, 유튜브나 다른 SNS 매체를 통해 네일아티스트들을 보면서 그대로 따라서 해보는 이들도 빠르게 늘고 있다. 비대면이다. 그런 의미에서 보면 그들은 프로페셔널리스트가 아니다. 기계로 대체할 수 없는 영역, 감성을 자극할 수 있는 서비스가 행해질 때 프로페셔널리스트가 된다.

이처럼 급변하는 시장 환경을 생각하면서 나는 내 소속감을 네일 아트 영역이 아닌 네일 사업 영역으로 확장해 나가고 있다. 나는 앞으로 내가 소속해야 할 분야를 네일 아트가 아니라 케어, 스파, 클리닉까지 포함하고자 한다. 지금보다 큰 영역이다.

살아오면서 직장을 그만두고 승진하고 부서가 바뀌고 다른 직업을 갖게 되면서 여러 번 명함이 바뀌었다. 누구나 알 만한 대기업 명함을 스스로 내려놓았다. 두 번째 직장에서는 십 년 근속 기념으로 열 돈짜리 순금 명함을 받은 적도 있다.

　거듭되는 만남 속에 우리는 명함을 주고받는다. 오늘도 몇 장을 주고 몇 장을 받는다. 명함을 보면 상대방이 누구인지 쉽게 알아차릴 수 있고 상대방이 무슨 일을 어디에서 하는지 알 수 있다. 자기 얼굴 사진이 있는 명함, SNS 채널이 가득한 명함, 학력과 이력으로 가득 채운 명함 등 각양각색의 명함을 받는다. 순금 명함이라고 해서 내가 다른 사람이 되는 것은 아니다. 나의 일에 대한 가치를 명함에 새기고 싶었다. 손바닥보다 작은 종이 한 장에 담긴 것은 어떤 의미를 지닐까. 명함이 주는 이름의 무게감대로 살아가고 있는가. 명함집을 만지작거리며 나의 명함을 받은 이들은 과연 나를 어떤 사람으로 생각하는지 문득 궁금했다.

2

'마음먹기'로 무식한 용기를 내다

마이너리그에서 메이저리그로

하수와 고수의 차이

경험은 빛나는 별이 된다

나는 매일 포기를 결심한다

'비교 경쟁'이 아닌 '목표 경쟁'으로

성과를 만드는 영업 전략 노하우 열 가지

마이너리그에서 메이저리그로

메이저리그에서 뛰고 싶었다. 이십오 년 전 일이다. 하루 실적을 마감한 매출기록장을 본사로 팩스 전송하는 것으로 하루 업무는 끝난다. 당시에는 ERP 시스템도 없고 전화기와 팩스를 동시에 사용하는 복합기가 각 매장에 비치되어 있었다. 매출기록장도 수기로 작성했다. 퇴근을 서두르는데 사장이 전화해서 지금 만날 수 있냐고 물었다. 저녁 여덟 시 반, 무슨 일이지 하는 궁금증이 일었다.

일개 매장 매니저를 이 밤에 보자고 하니 당황스럽기도 했다. 잠시 후 코엑스에서 만나 저녁을 먹기로 했다. 자리에 앉자마자 음식을 시키기도 전에 사장이 사장다운 질문을 하기 시작했다.

"재미는 있어요? 어려운 건 없어요? 매출은? 직원과의 관계는 어때요? 출퇴근은?"

사장은 재빨리 나의 대답을 빨간 노트에 적기 시작했다. 그러고는 다시 물었다. 사장의 질문이 느닷없고 뜬금없이 들렸다.

"그런데 꿈이 뭐예요? 목표가 있어요?"

"있어요. 서른두 살에 과장 승진하는 거요!"

예전 직장에서부터 가지고 있던 목표를 거침없이 말했다. 그는 빨간 노트에 뭔가를 적어 내려갔다. 사장만 할 수 있는 질문과 대답만 반복하다 헤어졌다. 다시 면접을 보는 기분이었다. 면접이라면 왠지 합격이라는 감이 왔다. 며칠 후 영업이사가 매장을 찾아왔다. 독려 차원인 줄 알았는데 며칠 전 사장의 질문을 녹음이라도 한 듯 똑같은 질문을 하고 이렇게 말했다.

"본사에서 관리자로 일합시다. 일의 영역은 달라도 더 많은 것을 경험하고 배울 수 있을 겁니다."

"네, 알겠습니다."

나는 0.3초 안에 대답했다. 나중에 안 사실이지만 매장 매니저들은 본사에서 일하는 걸 꺼린다고 했다. 기술을 놓을지도 모른다는 두려움도 있지만 여러 매장을 관리하고 운영한다는 부담 때문일 거라고 짐작했다. 하지만 나는 그들과 달랐다. 서른둘에 과장이 되려면 하루라도 빨리 본사라는 메이저리그로 들어가야 했다. 처음부터 나는 그들과 꿈이 달랐다. 그들은 기술자로, 나는 관리자로.

본사에서 어떤 일을 하는지, 어떤 보직을 맡는지도 모르는 백지상태였다. 그야말로 아무것도 몰랐다. 압구정으로 향하는 본사 첫 출근은 설레기도 하고 겁이 나기도 했다.

좌충우돌 그 자체다. 출근해서 사장과 영업이사, 영업총괄과장, 나와 같이 매장에서 승진한 또 한 명의 이 대리 이렇게 다섯 명이 회의를 시작했다. 첫날이라 회의라기보다는 회사 조직과 운영체계를 어떻게 끌고 가겠다는 회사 운영과 비전에 대한 교육이었다. 나는 눈만 멀뚱멀뚱했고 이사는 상세하고 구체적인 방법을 제시하면서 교육했다. 그런데 이게 무척 흥미롭고 재미있었다. 이제야 내가 원하는 조직 생활을 하고 있다는 생각이 들었다.

메이저리그 선수로 들어온 만큼 하고 싶은 일이 생겼다. 나의 우뇌와 좌뇌가 바쁘게 움직이기 시작했다. 잘할 것 같은 막연한 자신감이 막 불타올랐다. 오랜만에 느끼는 열정이었다. 그렇게 회의를 마치고 내 자리로 돌아와 앉으니 흰색 명함지에 검은 글씨로 대리 박경아 이름 위에 'SASSI NAIL'이 빨간색 금박으로 또렷이 박혀 있었다. 이제부터 나의 배경이 될 브랜드다. 명함이 예뻐 보였다. 명함 지갑도 없는데 한 움큼 집어서 카드 지갑에 끼워 넣었다.

다음 날 또 회의했다. 사장은 새로운 조직에 적응하도록 매일 30분씩 신입과 대리 두 사람을 교육했다. 소중한 배움의 시간이 하

루를 시작하는 신호탄이었다. 나는 사장과 회의할 때마다 SASSI
라고 박힌 빨간 노트를 꼭 꺼내 들었다. 빨간 노트는 사장과의 회
의록, 대화록이 빼곡했다. 노트를 보며 우리에게 과제를 내주었다.
현장에서 일했던 경험을 토대로 개선할 점이 무엇인지 개선 방법
을 찾아오라는 것이다.

　사장 말이 끝나자 나는 '바로 이거다' 싶어 얼른 A4 용지를 빨
간 노트 앞으로 내밀었다. 매니저 때 신입 사원 고객응대 교육용으
로 만든 아홉 장짜리 응대 시나리오였다. 사장은 A4 용지를 빠르
게 스캔하며 아무 말이 없었고 이사는 그 시나리오를 가지고 자리
를 떴다. 이 일을 계기로 직원 교육에 대한 개선 방향을 찾아냈고
직급별, 기술별로 매장 교육 시스템을 만들었다. 내가 주도적으로
만든 일이 되었다.

　대부분 매장이 백화점에 입점해 있어 CS 교육은 상당히 중요
했다. 신입 사원은 무조건 3일간 신입 교육을 받고 매장으로 투입
됐다. 발령 후 수습 기간 3개월은 본사에서 집체 교육을 했고 그 업
무도 내가 도맡았다. 아홉 장짜리 시나리오는 시간이 지날수록 페
이지 수가 늘어나 최종적으로 63페이지 시나리오 완성본이 만들
어졌다.

　교육 때마다 어떻게든 재미있게 읽으려고 매번 새로운 시도를
했다. 전화 응대와 고객 응대 시나리오로 롤플레잉 경진대회를 하
기도 했다. 시나리오는 책으로 만들어졌고 회사 대외비로 사용했
다. 강의 방법을 연구하기 위해 나 역시 공부하지 않을 수 없었다.

대리 시절에 있었던 신입 사원에 관한 이야기다. 그녀는 몇 번을 교육해도 고객한테 말도 못 붙여 입이 안 떨어진다고 했다. 매장을 시찰하던 중 그 직원을 만났다. 제대로 적응하고 있는지 궁금하기도 했고 노력한 것에 비해 고객 응대를 어려워하니 뭐라도 도움을 주고 싶은 마음에서였다. 그녀의 마감을 도와주고 퇴근하려고 밖으로 나왔다.

수원에 사는 그녀는 대중교통을 이용하면 출퇴근만 족히 세 시간이 걸려 가끔 자동차를 이용한다고 했다. 그날은 자동차를 이용한 날이라 나를 집까지 데려다준다고 해서 몇 번 사양하다 못 이기는 척 차에 올랐다. 차 안에 있는 카세트테이프를 보고 얼결에 버튼을 눌렀다.

"무슨 음악 들어요?"

그런데 카세트테이프에서 그녀의 목소리가 흘러나왔다. 그녀는 화들짝 놀라며 그 카세트테이프를 꺼냈다. 그녀는 출퇴근 때 자신의 육성으로 녹음한 시나리오를 들으면서 자신의 단점을 극복하는 방법을 찾아 끊임없이 노력하고 있었다. 나는 훗날 매니저 승진 심사 때 그녀의 그런 노력을 높이 사 후한 점수를 주었다. 그녀는 매니저로 승급한 후 몇 년 뒤 수원에서 네일숍을 운영하는 멋진 원장이 되었다. 이 사례는 교육 시 종종 직원들에게 귀감이 되는 이야기로 꺼내들곤 했다.

이렇게 노력하는 직원이 있다는 사실에 말할 수 없는 감동이 밀려왔다. 나 역시 필요하기에 공부해야 했다. 더 완벽하게 직원 교육을 해내기 위해 CS 관리사 수업도 받았다. 차별화된 교육을 고민하던 중 이미지메이킹, 색채학도 공부했다. 미용사 자격증 취득을 위해 야간반 수업도 들었다. 배운 것을 교육 프로그램으로 하나씩 만들 때의 보람은 이루 말할 수 없었다.

마이너리그에서 뛰던 선수가 메이저리그로 와서 뛰고 있었다. 벤치로 돌아가고 싶지 않았고 메이저리그에서 변화된 모습을 보여주고 싶었다. 더욱 인정받고 싶었고 멈추고 싶지 않았다. 끊임없이 공부하며 새로운 교안을 만들고 새로운 영업 전략도 구사했다. 그러다 보니 하나둘 성과가 눈에 보였다.

나를 위한 공부는 주변에 배움을 나누기 위한 것이기도 했다. 내 그릇이 점점 커가고 있다는 걸 스스로 느끼고 있었다. 그다음 목표는 서른두 살 과장이었다. 돌이켜보면, 주변을 위한 것이 결국 내게로 와 있었다. 남한테 주기 위해 그럴듯하게 포장했던 배움이 결국 나를 위한 것이 되었다. 나는 자신을 위해 지속적인 동기부여를 하고 있다, 이 시간에도.

많은 한국 유명 야구선수들이 미국 메이저리그에서 활동하며 전 국민의 관심을 끌었지만, 당시 나의 메이저리그는 전국 백화점에 입점해 있는 매장을 누비는 일이었다. 이는 곧 나의 활동 무대이기도 했다. 세계 무대도 아닌 고작 본사 인사이동에 불과했지만 나는 최선을 다해 실적을 올리기 위해 노력했다. 다행히 마이너와 메이저 사이에서 롤러코스터를 타는 일은 없었다. 작고 크고를 따지지 않았고 좁고 넓고를 생각하지도 않았다. 연봉이 적고 많음도 판단하지 않았다. 내가 서 있는 곳이 꿈을 펼칠 수 있는 메이저리그였다. 하지만 언제부턴가 세계 무대로 가는 꿈을 꾸고 있었다.

하수와 고수의 차이

첫 해외 출장에서 잊지 못할 에피소드가 있다. 2000년 9월 중국 우한에 있는 신세계백화점에 해외 1호점이자 중국 1호점을 열기로 했다. 개점 행사를 준비하면서 나와 사장은 김포공항에서 출발했고 동행하는 명동점 팀장은 김해공항에서 출발해 우한에서 만나기로 했다. 중국 개점 행사에 필요한 준비 제품이 있다는 연락을 받고 트렁크에 넣어 화물칸에 실었다.

인화성 물질이 있어도 한국에서는 아무 문제 없이 통과했다. 조마조마했지만 당시의 허술한 통관 절차에 안도했다. 중국 공항에 도착해서 입국 수속을 하고 공항 밖으로 나가야 하는데 상황이 만만치 않았다. 공항 공안한테 에나멜과 그와 관련된 인화성 물질을 들키고 말았다. 담당자는 모두 폐기 처분하라고 했다. 어쩔 수 없이 우리는 공안의 눈을 피해 쓰레기통에 상자째 버리는 척 작전을 짰다. 그러고는 공안이 안 보는 사이 상자 안에 있는 제품을 다시 편의점 비닐봉지에 넣었다. 흰색과 핑크색 액체 스프레이는 얼핏 보면 물병처럼 보였다. 물병을 가지고 나가는 것처럼 보이려는 속셈이었다. 그런데 아뿔싸! 공안이 비닐봉지를 젖히더니 몰래 반입하려는 제품을 찾아냈고 폐기하라고 소리쳤다. 이십오 년 전 일로 그때만 해도 양국 모두 출입국 시스템이 완벽하지 않았다.

나는 순간적인 기지를 발휘했다. 나는 입 냄새 제거제라며 사장 입을 벌려 입안에 에나멜 스프레이를 뿌렸다. 덩달아 사장은 핑크색 스프레이를 내 얼굴에 뿌리며 스킨케어 미스트라고 말했다. 능청스럽게 코미디 연기를 하고 우리는 공항을 무사히 빠져나왔고 서로를 바라보며 박장대소했다. 이렇게 첫 출장은 무척이나 흥미진진했다.

공항 밖으로 나와 부산에서 출발한 명동점 팀장과 중국 지사장을 만났다. 사장은 중국 지사장을 '따거'라고 불렀는데 우리도 덩달아 '따거'라고 불렀다. 중국 지사장은 환영 만찬을 준비했다며 꽤 근사한 레스토랑으로 우리를 안내했다. 온통 황금색으로 장식된 식당의 4층으로 올라갔다. 1층에는 주문한 음식이 즐비했다.

자리를 잡자 몇 명의 '따거'들이 차례로 합석했는데 모두 공안이라고 했다. 과연 중국의 '관시문화'를 실감할 수 있었다. 다음 날 아침 호텔 로비에서 일곱 시에 만나기로 하고 환영 축하주를 마시기 시작했다. 그게 출장 첫날 일정의 전부다. 내심 개점 전략이니 계획에 대한 회의를 진행할 줄 알았는데 전혀 아니었다. 끊임없이

술을 들이부었고 마시다 보니 식도를 타고 들어가는 뜨거움도 잊었다. '원샷'과 '간바이'를 수없이 외쳐댔다.

나는 마시고 토하기를 반복했다. 사장과 팀장은 만취 상태로 헤죽거리며 '원샷'을 더 크게 외치며 술을 들이부었고 점차 인사불성이 되어갔다. 나라도 정신을 바짝 차려야 했다. 정신력으로 그 자리를 버티고 있었다. '따거'는 걱정하지 말고 알아서 한다며 나에게 즐기라는 표정으로 또 술잔을 높이 들어 올렸다. 밤이 깊었다. 아침 여섯 시에 알람을 맞추고 나도 모르게 쓰러졌다.

여섯 시를 알리는 알람 소리에 벌떡 일어났다. 얼마나 마셔댔는지 속이 쓰린 건지, 배가 고픈 건지도 헷갈렸다. 먼저 씻고 나서 팀장을 깨웠다. 아무리 깨워도 꿈쩍도 안 했고 앞방 사장님 역시 인기척이 없었다. 이 방과 저 방을 왔다 갔다 똥 마려운 강아지처럼 나 혼자만 바빴다. 우선 일곱 시에 만나기로 했으니 로비로 내려갔다. 삼십 분 넘게 기다렸지만 '따거'와 어제 함께했던 사람들은 아무도 나타나지 않았다. 불안한 생각이 들었다. 다시 호텔 방으로 가서 팀장의 지갑을 뒤졌다. 나는 땡전 한 푼 돈이 없었다.

명동점 팀장은 나보다 선임으로 명동점이 워낙 중요한 위치에 있는 매장이라 관리자를 팀장이라 불렀다. 전날 사장이 팀장에게 백 위안을 주면서 필요한 게 있으면 쓰라고 했던 기억이 났다. 팀장의 지갑에서 이십 위안을 꺼내 '먼저 갑니다'라는 짧은 메모를 남기고 호텔 로비로 왔다. '따거'는 여전히 보이지 않았다. 혼자 가기로 마음먹자 호텔 로비에 있는 도시 안내도 지도가 눈에 들어왔다. 뒤적거리니 한문과 영어로 적힌 우한 신세계백화점 사진이 보였다. 그 페이지를 찢어서 무작정 택시를 잡아탔다. 택시 기사에게 사진을 보여주며 말했다. 만취 중 배운 중국어 실력이었다.

"조바! 쯔거 쯔거."

중국 백화점은 일찍 문을 열었다. 우한 신세계백화점에서 개점한다는 정보만 달랑 알고 찾아갔다. 백화점을 이리저리 돌아다니다 보니 하얀 가운에 'SASSI'라고 새겨진 유니폼을 입은 소녀를 만났다. 매장 직원이 분명했다.

"코리안, 코리안."

더듬거리며 말하니 매장으로 안내했다. 제품 정리와 진열을 하며 개점 준비를 하고 있었다. 얼추 준비가 끝나가는 듯했다. 뭔가 도울 게 없나 두리번거리니 매장 구석에 쌓아놓은 50퍼센트 할인쿠폰 상자가 눈에 들어왔다. 이거다 싶어 쿠폰에 사용 기간을 찍는 도장과 쿠폰 한 상자를 들고 1층 맥도날드로 내려갔다. 택시를 타고 남은 돈으로 햄버거와 모닝커피를 마시며 열심히 쿠폰에 도장을 찍었다. 해장으로 먹는 햄버거도 나쁘지 않았다. 다 찍은 쿠폰을 들고 다시 매장으로 갔다.
개점 준비를 거의 끝내고 직원들끼리 회의하는 듯했다. 도장을 찍은 쿠폰을 보여주니 고맙다며 자기들끼리 이 쿠폰을 설명하는 듯했다. 나는 '안녕하십니까? 쎄씨네일입니다'라는 한 문장을 중국어로 배우고 쿠폰을 한 움큼 집어 들고 백화점 1층 정문으로 나왔다. 특기가 전단 뿌리기인지라 아무렇지 않게 지나가는 고객들에게 한 장씩 나눠줬다.

"니 하오. 화이영 광린. 짜쉬 메이자"

중국 사람들도 외국인이 서투른 중국말로 히죽거리며 쿠폰을 주는 모습이 우스웠는지 자꾸 나를 쳐다봤다. 아랑곳하지 않고 흰 이를 드러내며 쿠폰을 건네주었다. 그때 유유히 백화점을 향해 걸어오는 사장과 팀장 눈이 마주쳤다. 오전 열한 시, 두 사람한테도 헤죽거리며 중국말로 쿠폰을 나눠주었다. 그들은 어이없다는 듯 쿠폰을 받았다.

"아니 국제 고아가 되면 어쩌려고 혼자서 여길 찾아왔어요?"

이유는 단 하나다. 나라도 빨리 와서 지원해야 할 의무와 책임감이 있기 때문이다. 사장은 잘했다며 칭찬하고 팀장과 매장으로 올라갔다. 난 뭘 잘했는지 잘 몰랐다. 단지 내가 해야 할 일을 했을 뿐이다. 다행히도 개점 첫날, 많은 회원을 유치하고 한화로 백만 원가량 매출을 올렸다. 초대박으로 개점 첫날을 마쳤다.

그날 저녁 사장은 오전에 했던 질문을 똑같이 되물었다. 나는 당차고 씩씩하게 대답했다.

"제가 여기 온 이유는 개점 지원입니다. 개점 점검도 아니고 술 마시러 온 것도 아닙니다. 해외 1호점입니다. 제가 한국 대표라고 생각했을 뿐입니다. 본사 대표라고 생각했을 뿐입니다."

사장은 아무 말도 하지 않고 고개만 끄덕였다. 어찌 보면 건방지게 들렸을 것이다. 입사한 지 10개월밖에 안 되는, 본사 대리가 된 지 한 달밖에 안 되는 내가 질문을 했다.

"혹시 중국 말고 다른 나라에도 지점을 개점할 계획이 있나요? 글로벌 비즈니스 계획이요."

사장은 진지한 표정으로 중국을 필두로 우리 기술을 해외에 수출하고 쌔씨네일을 세계 브랜드로 만들고 싶다고 했다. 이때다 싶어 내가 당돌하게 말을 꺼냈다.

"이제부터 해외에 개점하는 모든 매장의 첫 깃발은 제가 꽂도록 하겠습니다."

어쨌거나 중국 출장 이후 나는 해외사업부를 담당하게 되었고 다른 부서에 있다가도 해외의 개점 프로젝트가 생기면 곧바로 TF팀을 구성했다. 직접 팀원을 발탁하고 교육했다. 해외 개점 팀의 수장이 된 것이다. 중국은 그곳 1호점 이후 지금까지 150여 개의 매장을 운영하고 있다. 다른 콘셉트의 네일숍을 개점할 때도 직접 가서 도왔다.

지금까지는 그날처럼 술에 만취한 적도 없었다. 오히려 개점 전략과 계획을 세우고 점검하느라 보다 진지해졌다. 나는 해외로 개점 출장을 갈 때마다 나름의 업무 방침을 되새긴다. 개점 점검이 아니라 개점 지원으로. 지금 돌아보면 그때는 용기라고 생각하지 않았다. 해야 할 일을 하기 위해 나름의 방법을 찾아 개점 지원을 완수해야 한다는 책임감뿐이었다. 누가 시켜서가 아니라 주도적으로 판단하고 행동했다.

하수와 고수는 일을 처리하는 방법이 다르다. 하수는 시키는 일을 하고 고수는 생산적인 일을 만들어낸다. 하수는 일이 끝나기를 바라지만 고수는 다음 일을 기대하며 준비한다. 하수는 오늘 못한 일은 내일로 미루고 고수는 오늘 일을 피드백하고 내일 일을 계획한다. 하수는 다 처리하지 못한 일에 대한 핑계와 변명을 늘어놓고 고수는 처리하지 못한 일의 계획을 수정하고 용서를 구한다. 하수는 입으로 일하고 고수는 행동으로 보여준다. 하수는 일의 결과를 먼저 생각하고 고수는 일에 대한 목적을 먼저 생각한다.

오늘 하수처럼 일했는지, 고수처럼 일했는지 계획표 점검 목록의 숫자를 세어본다.

경험은 빛나는 별이 된다

　과장 승진을 목표로 했던 서른두 살 때, 나는 전국 L백화점에 입점한 네일숍 열두 곳을 관리하고 있었다. 새해가 시작되자마자 2박 3일 동안 전국의 열두 개 지점을 둘러보고 왔다. 여느 때처럼 출장 보고서를 들고 사장 방으로 갔다. 사장은 내가 내민 출장 보고서를 본 둥 만 둥 하더니 전혀 예상하지 못한 신규 사업에 대해 장황하게 설명했다.

　회사가 토털 뷰티살롱을 인수하려는 계획이 있는데 관리자로 나를 추천한다는 것이었다. 잠실과 인천에 있는 헤어, 스킨케어, 네일을 동시에 운영하는 백 평 정도 되는 토털 뷰티살롱을 인수한 다는 내용이었다. 네일은 어깨 넘어라도 보고 들은 게 있지만 헤어 에 대해서는 아는 게 없었다. 그야말로 맨땅에 헤딩하는 격이었다. 사장은 새로운 도전이라며 한번 해보라고 권유했다.

신규 사업의 비전과 사업 방향을 설명하며 궁극적으로는 네일 뿐만 아니라 토털 뷰티살롱을 운영하는 게 목표라고 말했다. 이번에도 한 치의 망설임 없이 0.3초 안에 흔쾌히 대답했다. 다시 또 새로운 일에 대한 기대와 열정이 솟구치기 시작했다. 죽이 되든 밥이 되든 해보는 거다. 죽도 밥도 안 돼서 굶어 죽는 것보다는 낫다는 속말을 거듭 되뇌었다.

며칠 후 사장이 전언 통신문을 메일로 보냈다. 내가 신규사업부 관리자로 2월 1일부터 과장으로 승진한다는 인사발령지였다. 마음 깊은 곳에서부터 뜨거운 기운이 감돌았다. 무슨 일부터 시작해야 할까. 무슨 공부를 해야 할까. 엔도르핀이 뿜어내는 짜릿한 쾌감이 느껴졌다. 첫 직장에서 막연하게 꿈꾸던 서른두 살 과장의 꿈을 이룬 것이었다.

그렇다. 꿈은 계속해서 꾸어야 하고 그러다 보면 꿈은 이루어진다. 세상에는 두 부류의 사람이 있다. 꿈꾸는 사람과 꿈꾸지 않는 사람. 그런데 두 사람의 결과물은 완전히 다르다. 박 대리 명함이 박 과장으로 바뀌는 순간이었다. 전인미답, 나는 이 말을 정말 좋아한다. 한 번도 가보지 않은 길을 또 걷는다.

2월 1일 자로 발령받자마자 회사를 인수하고 업무가 시작되었다. 각 지점의 인적 서류와 매출 서류, 업무 매뉴얼을 살펴봤다. 조금 낯설긴 해도 금세 적응할 수 있다는 희망이 앞섰다. 곧바로 잠실 매장으로 가서 직원들과 상견례를 했다. 앞으로 디자이너와 스텝들과의 친분을 쌓아가기로 마음먹고 인천 매장으로 이동했다. 마찬가지로 직원들과 인사를 나누면서 분위기가 나름 나쁘지 않다고 생각했다.

그런데 시간이 지나자 그들과 자연스럽게 섞이는 게 보통 어려운 일이 아니었다. 한마디로 그들은 기술자다. 전문 기술에 대한 지식이 전혀 없는 관리자인 나를 인정한다는 게 쉽지 않았을 테다. 때로는 나를 대놓고 무시했다. 그것도 모르냐는 둥 아무것도 모르면서 어떻게 관리를 하냐는 둥 기선 제압을 하기 위한 미묘한 기싸움을 하는 듯했다.

거의 매일 내 자존심은 바닥을 쳤다. 속상함이야 이루 말할 수 없고 때로는 쥐구멍에라도 들어가고 싶을 만큼 창피했다. 하지만 그들이 보면 당연할 수도 있었다. 나를 탓할 수밖에 없었다. 급기야 미용학원에 등록했다. 그들을 이해하고 공감하기 위해서는 뭐라도 알아야 했다. 나는 매일 저녁 여덟 시부터 열 시까지 회사나 직원들 모르게 야간반 미용학원에 다녔다.

썩 재미있는 수업은 아니었어도 일머리를 이해하는 데는 큰 도움이 되었다. 하나라도 배워 그들이 필요한 것이 무엇인지 파악하고 판단해야 했다. 지금 생각해보면 최선이었다. 직원들한테 매장 관리 핵심 사항을 끊임없이 주입하다시피 했다. 최고의 토털 살롱으로 만들겠다는 포부와 비전을 매일 조회 때마다 말을 바꿔가며 강조했다. 고품격 프리미엄 매장으로 직원들의 품격 또한 높이겠다는 약속을 했다.

귀에 못 박히도록 그들의 실력을 인정하고 자존감을 치켜세웠다. 그렇게 서로 몸을 부대끼며 지내다 보니 디자이너들과 말이 통하기 시작했다. 그들의 가려운 곳을 긁어주고 강점은 인정하고 약점은 보완해줬다. 그들한테 강조한 것은 딱 세 가지였다.

첫 번째는 최고의 기술 전문가가 되기 위한 기술 교육은 기본이고 그 기술을 포장하는 요령까지 교육했다. 고객 응대 방법이라든지, 고객과 대화를 나누는 화법이라든지, 고객의 요구를 파악하는 감각, 심지어 이미지메이킹 강사를 초빙해 자신들의 이미지를 새롭게 정립하고 각자의 개성이 돋보이는 매력을 부각했다.

처음에는 미심쩍었지만 자연스럽게 원래 입고 있었던 옷처럼 편안해졌다. 전문가로 보여야 하고 고객의 이미지메이킹을 위해 자신부터 이미지 관리를 해야 한다고 강조했다. 어느새 그들은 최고의 전문가로 변해가고 있었다.

두 번째는 기술 영업을 위한 정신 교육이었다. 나 역시 매출로 평가받고 매출로 평가하는 관리자다. 물론 결과보다 과정이 중요하다는 것은 충분히 알고 있다. 정당한 과정에서 만족할 만한 결과가 나오는 것은 당연한 이치다. 직원들에게 매월 말일이 되면 매출 실적표를 보여주고 매월 초에는 분석을 해줬다. 각자 잘하는 서비스와 부진한 서비스 내용을 분석해서 제시했다.

예를 들어 파마 매출은 좋은데 클리닉 매출이 낮다거나, 커트 매출은 좋은데 염색 매출은 작다거나, 고객층이 오십 대 이후만 있다거나 하는 분석을 해줬다. 매월 성적표를 받아 들듯 숫자와 도표로 제시하며 설명했다. 처음에는 핑계와 변명으로 일관하던 그들도 서서히 숫자를 살펴보기 시작했다. 차츰 수긍하고 자신의 약점을 강점으로 채우려 노력했다. 다양한 고객층을 확보하며 각자 최고 매출에 도전했다. 기술 영업 정신으로 경영 사고방식을 쌓아가기 시작했다.

세 번째는 팀워크다. 팀워크란 그 집단이 가진 공동의 목표를 향해 모든 팀원이 같은 방향을 바라보고 일하는 것이다. 일백 평 되는 뷰티살롱 잠실점만 해도 디자이너와 스텝을 합하면 서른 명이 넘는 직원이 일한다. 인천점도 스무 명, 청량리점도 열다섯 명 가까이 된다. 디자이너와 스텝이 팀으로 호흡을 맞춰 일하는 방식이다.

각자 개인 매출에 상응해 급여를 받는 시스템이라 더욱 예민할 수밖에 없었다. 그런 이유로 개인주의가 많았지만, 서서히 그 벽을 허물었다. 개인보다 함께하는 우리라는 중요함을 일깨웠다. 그래서 디자이너들이 한 사람씩 돌아가면서 사내 교육 강사 시스템을 만들어 스텝들을 교육했다.

지금은 열정페이가 부당해도 그 당시는 모두가 배고픈 열정페이의 주인공이었다. 이른 아침 여덟 시부터 떠지지 않은 눈을 부릅뜨고 교육했다. 문득 밤 열한 시가 넘도록 마네킹 머리를 부여잡고 연습하던 그 시절이 생각난다. 팀워크로 단단하게 다져져서 우리 매장을 따라올 만한 강자가 아무도 없었다고 자부했다.

이런 노력은 여섯 달이 지나자 어느 정도 빛을 발하기 시작했다. 굴러들어온 돌멩이 취급을 하던 매니저도, 은근히 무시하던 수

석디자이너도 나를 사수로 여겼다. 처음 접한 토털 살롱은 나에게 큰 경험이었다. 그건 돈으로도 살 수 없는 소중한 경험이 분명하다. 다이내믹한 삼 년이었다. 당시 함께 한 디자이너와 스텝들은 현재 각각의 브랜드를 내걸고 현업에서 당당하게 경영자로 성장했다.

박웅현이 쓴 ≪여덟 단어≫라는 책에서는 모든 인생은 전인미답이라고 했다. 나도 아무도 걷지 않은 하얀 눈밭을 걸어본 적이 있다. 걸으면서 움푹 파인 발자국을 돌아보았다. 그러고는 앞발로 다시 발자국을 만들며 걷는다. 처음 찍은 발 도장이 따라오는 이에게는 길을 된다. 따라오는 이는 파인 발자국을 밟아가며 의심의 여지 없이 따라온다. 길을 만드는 것이다. 지금 걷는 길은 내일 걷는 길 위에 서 있는 과정이다.

지금이 지나면 바로 다음 단계의 과거 속으로 묻힌다. 발자국이 점을 찍고 있다. 발자국은 내가 지나온 경험이다. 지나온 경험은 밝게 빛나는 별이 된다. 그 별은 아무도 걷지 않은 길을 비추고 있다. 그 별은 새로운 길을 만들고 있는 이를 비추고 있다. 누구든 새로운 일이 닥치면 별이 될 거란 희망으로 앞으로 나아가길 바란다. 내가 가는 곳이 길이 되고 인생길이 된다. 별빛을 따라 길이 열리고 있다.

나는 매일 포기를 결심한다

2005년 10월, 말레이시아에서 네일 브랜드 OPI 콘퍼런스가 열렸다. 2년마다 OPI 전 세계 대리점들과 각국의 강사들이 모여 신상품 공개에 따른 트렌드 기술과 제품 판매 전략 회의 교육을 진행한다. 이 행사 참가는 회사를 대표해 내가 주도해서 진행해왔다. 라스베이거스 콘퍼런스 때도 참여한 경험이 있어 어떤 일정이 어떻게 진행되는지 잘 알고 있었다. 새로운 것을 공부하는 것도 흥미롭지만 더 흥분되는 것은 각국에서 온 세계인을 만나는 일이었다. 놀면서 일한다는 표현이 더 알맞을까. 콘퍼런스가 처음으로 아시아에서 진행됐다. 그전에는 미국 본사에서 행사를 주최해왔는데 이번에는 말레이시아 최고 휴양지인 코타키나발루에서 개최된다고 했다.

그런데 너무 당황스러웠다. 말레이시아 출장을 일주일을 앞두고 몸 상태가 이상함을 직감했다. 해외 출장을 가야 하니 건강 상태를 진단받기 위해 병원에 갔다. 정말 실낱같은 희망을 품고 혹시나 하는 마음으로 산부인과를 찾아갔다.

임신 5주란다. 기쁘기도 하고 무섭고 두려운 마음으로 가슴이 쿵쾅거렸다. 아이익 숨소리가 들리지 않는다는 말을 듣고 나도 모르게 눈물이 났다. 사실 작년에도 유산한 적이 있는데 태아가 같은 상태라고 한다. 노산이라 임신을 얼마나 간절히 기다렸는지 모른다. 일주일 후에 다시 병원으로 와서 초음파 검사를 하라고 했다. 아이의 숨소리는 왜 안 들리는 것일까? 왜 나한테만 이런 일이 자꾸 생기는 걸까? 일주일 후면 콘퍼런스 행사장에 있어야 하는데 그건 또 어떡하지.

"안 가는 게 좋을 것 같은데요. 9주까지는 무조건 조심해야 합니다. 상황이 좋으면 상관없지만……."

담당 의사가 지당한 말을 했다. 게다가 아이의 숨소리가 현재 들리지 않는 상황이라 한두 주 사이에 무슨 일이 벌어질지 아무도 모른다. 작년에 유산을 했을 때도 지금 의사 선생이 봐주었다. 내 산부인과 내력을 모두 알고 있기에 더욱 단호하게 주의하라 했다. 출장을 포기해야 했다. 말레이시아 콘퍼런스는 나 대신 다른 직원으로 대체해서 계획을 다시 세웠다.

나는 회사에 막대한 손해를 끼친 것 같은 죄책감이 들어 바늘

방석에 앉은 기분이었다. 일주일 후 남편과 함께 떨리는 마음으로 병원에 갔다.

"그나마 다행입니다. 숨소리가 아주 불규칙하지만 미세하게 들려요. 2주 정도는 좀 쉬는 게 어떠세요?"

큰아이를 임신했을 때 나는 일과 가정을 두고 심하게 갈등했다. 일을 놓을 때가 온 것인가, 아니면 버텨야 하는가. 거의 매일 이런 갈등 속에서 출근하며 하루하루를 지냈다. 내게 찾아온 가장 힘든 시간이었다. 이런 걸 침체기라고 하는 걸까? 그렇다면 극복할 것인가, 포기할 것인가. 나에게 침체기는 이렇게 찾아왔다.

'성공을 위한 S곡선 이론'에 따르면, 극복의 단계가 필요했다. 비즈니스에서 자주 이용되는 S이론은 최초 비즈니스 도입기에서 성장기를 거쳐 성숙기 단계에 이르고 그 후 잠재기나 폐쇄기로 접어든다고 한다. 여기에 하나 더 추가하면 S곡선에서는 잠재기 기간에 또 다른 확장이 필요하다고 한다. 이때 확장은 변화를 말한다. 작은 의미에서는 변화라고 하지만 큰 의미에서는 혁신이나 혁명 등을 의미한다.

회사에서는 지속적인 혁신을 준비하고 있었지만 나는 변화가 필요했다. 내게 필요한 것은 사표일까, 버티는 것일까? 나는 고민과 갈등 끝에 버티는 것을 선택했다. 버틴다는 표현을 너무나 싫어하는 내가 버티기로 했다. 사표를 다시 책상 서랍 안으로 깊숙이

밀어 넣었다.

　이유는 회사를 그만두고 다시 복귀할 자신이 없었다는 데 있었다. 경력단절녀가 된다는 사실이 나를 더욱 암울하게 만들었다. 집에서 아이만 바라보고 있을 생각을 하면 한없이 우울했다. 늦은 임신과 유산 경험으로 남편과 친정엄마는 걱정이 이만저만이 아니었다. 하지만 이럴수록 내게 주어진 일을 완벽하게 해야 한다는 강박관념에 사로잡혔다.

　그래서 결심했다. 버티는 일을 더 잘 버텨내자. 내가 나를 다독였다. 버티면서도 두 마리 토끼를 잡기는 힘들었다. 일단 아이와 가정의 행복을 우선순위로 생각했다. 일에 대한 집착, 욕심, 열정을 내려놓기로 했다. 그 순간에도 동료들은 우수하게 영업 성과를 만들어내고 있었다. 내가 내어준 일 같았다. 임신한 상태에서 내가 잘할 수 있고 성과를 낼 수 있는 일을 찾기로 했다.

　그 당시 회사에서는 ERP 시스템을 구축하기로 해 외부 전문 회사와 준비 회의를 하고 있었다. 지속적인 회의와 점검, 개발을 동시에 담당할 특별기획팀을 꾸려야 했다. 내가 먼저 손을 들었다. 누구보다 그 일을 잘할 자신이 있었다. 지금 사용하고 있는 뷰티숍 CRM 프로그램은 우리 회사가 가장 먼저 만들어낸 셈이다. 포스 시스템도 함께 개발했다. 임신 상태로 자정이 넘어까지 김밥 한 줄과 컵라면으로 때우면서 프로그램을 점검했다.

　사내에서 독사라는 별명으로 불리는 매서운 상무가 특별기획 팀장을 맡았다. 여자라고 봐주거나 임신했다고 배려하는 일은 내가 먼저 정중하게 사양했다. 특별기획팀장을 비롯해 네 명의 팀원들은 뭔가 만들어내고야 말겠다고 굳은 결의로 똘똘 뭉쳐 있었다. 나는 포스 시스템을 담당해 설계하는 일부터 맡게 되었다. 시간이 지나면서 얼마나 감사한지 모른다. 현장에서 일어나는 업무의 구조를 알고 있으니 외부 전문 업체 담당자와의 소통도 수월했다. 더 좋은 방법, 합리적인 방법, 손쉬운 방법을 찾아 아이디어를 끊임없이 제공하고 고민하고 집중했다.

그때 새로운 분야 공부도 많이 했다. 내 아이디어로 설계된 포스 예약 일정 페이지와 판매 과정, 고객 관리 과정 등은 이십 년이 넘은 지금도 사용되고 있다. S곡선의 비밀을 알고 있었던 덕분이었다. 주변에서 가끔 침체기나 어려운 상황, 힘들 때 어떻게 극복하냐고 묻는다. 그때마다 나는 여지없이 S곡선의 비밀을 말한다.

지금도 S곡선의 성공 이론을 믿고 있다. 잠재기에 머무를 것인가, 도약할 것인가. 시간이 지나면 누구나 나이가 들고 늙어가기 마련이다. 경력이 더 많다고 해서 모든 사람이 일을 더 잘 해내는 것은 아니다. 비즈니스에서도 성장기를 거쳐 성숙기에 들어 멈추지 않고 변화와 혁신을 도모해야만 제2의 성공을 기대할 수 있다.

이제는 나도 두 아들의 엄마다. 지금은 큰아이 임신 때 찾아온 침체기가 아무것도 아니라는 사실을 안다. 그러나 그때는 극복하기 쉽지 않았던 침체기였다. 점점 배가 남산만 하게 불러오면서 ERP 시스템도 거의 막바지에 이르게 되었다. 시스템 작동이 시작되던 날, 우리끼리 얼싸안았던 기억이 난다. 당당하게 해냈구나!

임신이라는 행운을 위기가 아닌 기회로 보았다. 이 악물고 버틴 여덟 달은 프로젝트 성과와 함께 침체기의 끝을 찍는 경험이었다. 게다가 나의 유일한 태교 방법이기도 했다.

되돌아보면 약 삼 년 동안 임신과 출산을 두 번이나 했다. 큰아이를 출산하고 연년생으로 둘째 아이를 낳았다. 내 인생에서 가장 잘한 일임이 분명하다. 직장을 다니면서 결혼을 하고 두 아이를 출산하고 학부모가 되기까지 몇 번의 침체기를 겪었다. 사실 침체기가 올 때마다, 위기가 닥칠 때마다 피해 가고 싶었다. 물론 피해 가는 것만이 능사가 아니라는 걸 너무나 잘 안다. 그렇다고 덥석 사표를 낼 수도 없었다. 나는 퇴사를 포기했다. 경력단절녀가 되기를 포기했다. 포기를 포기했다. 사람들은 포기를 안 좋게 보며 나약한 결심이라고 생각한다. 하지만 어떤 상황에서 무엇을 포기하느냐는 아주 다른 문제다. 어떤 포기를 하느냐가 중요하다.

포기를 통해 결과물이 다를 수 있다. 포기가 나쁜 행동이라고 말할 수 없는 이유다. 지금부터 매일 내가 하지 말아야 하는 목록을 적어놓고 포기해보자. 예를 들어, 살 빼기를 한다면 치맥을 포기하는 거다. 자격증 공부를 해야 한다면 드라마를 포기하고 허투루 보내는 시간을 포기한다. 매일 지각한다면 늦잠을 포기하고 게으름을 포기해야 한다. 이때 포기는 능동적으로 실행하기 위한 포기며 긍정적인 결심이다. 하지 말아야 할 일을 과감하게 포기 선언을 해본다. 나는 매일 포기를 결심한다. 오늘 내가 포기한 것은 무엇일까? 대답할수록 이루고자 하는 목표가 선명해진다.

'비교 경쟁'이 아닌 '목표 경쟁'으로

영업을 직업으로 생각해본 적은 없었다. 실적을 올리기 위해 고민하다 보니 당연히 영업 방법을 터득해야 했고 공부해야 했고 책도 읽어야 했다. 기술직 세계에서 기술이 없는 나로서는 다른 방법을 찾아야 했다. 영업 대리를 시작으로 영업 과장, 영업 차장으로 승진해갔다. 백화점, 마트 영업 담당자들과 회의하면서 '매출이 인격이다'라는 말을 농담 반 진담 반으로 했었다.

백화점은 매년 봄여름 시즌과 가을겨울 시즌에 엠디 개편이 있었다. 매출에 따라 입점과 퇴점 및 재계약이 이루어지는 것은 대형 유통 영업을 해본 사람이라면 안다. 영업 대리 시절, 연간 목표 달성을 하겠다고 12월 31일까지 동료 대리와 함께 뛰었다. 목표를 달성한 이후 영업본부장을 얼싸안고 펄쩍펄쩍 뛰었다. 영업은 목표와 실적이 줄타기를 타듯 아찔하고 짜릿한 맛이 있었다.

둘째를 임신하고 인력개발팀으로 발령받고 교육 기획 및 교재 개발 등의 업무를 했다. 영업부를 지원하는 부서로 전사 직원들의 교육 커리큘럼을 만들고 사내 강사로 활동했다. 그때는 신규 개업 시 모객을 위한 전단 배포가 일 순위였다. 누가 내게 특기가 뭐냐고 물어보면 전단 뿌리기라고 할 만큼 도가 텄다. 잠시 잠깐은 쑥스럽고 창피해도 시간이 지나면 아무렇지도 않았다.

주변에서는 전단 뿌리는 일이 싫어서 그만둔 신입 사원도 꽤 많았다. 하지만 이 일이 창피하면 아무것도 할 수 없다고 세뇌 교육부터 했다. 기술 영업 자질을 갖출 목적도 있었다. 이렇게 훈련된 직원은 교육과정에 맞춰 교육을 이수했다. 수료 후 시험에 합격해야만 차례로 승진 절차를 밟아갈 수 있는 교육 제도를 만들었다. 덕분에 직원은 회사의 우수한 자원이 되었다.

회사는 매출액의 거의 10퍼센트 이상을 교육비로 투자했다. 교육 제도는 직원과 회사를 변화시키고 성장시키는 중요한 도구였다. 그런 믿음은 지금 내 회사를 운영하면서도 변함이 없다. 그때 배운 밑거름이다. 둘째 아이를 출산하고 나서 다시 영업팀으로 배치되었다. 잠시 가려졌던 내 날개가 펴지기 시작했다. 유통사업부 본부장을 맡았다.

전국 OPI 지사를 관리하는 일이었다. 광역시마다 지사를 두고 있었는데 서울과 수도권 지역을 나누어 관리했다. 지사장은 모두 나보다 나이가 많은 남자들이었다. 그들을 지휘하기보다 섬겨야겠다는 마음을 먹었다.

영업팀으로 돌아와 내게는 꽃길이 열렸다. 나는 아무래도 영업이 체질에 맞는 모양이었다. 당시에는 내향성 발톱을 관리할 수 있는 제품이나 시술에 대한 대안이 없었다. 전 세계 네일 제품을 찾고 또 찾았다. 그러다 마침내 독일에서 내향성 발톱을 교정하는 '브레이스 솔루션'을 발견했다. 지금은 누구나 하는 기술과 제품이지만 그때는 기적 같았다. 내향성 발톱으로 고생하는 고객들에게 강력한 솔루션이었다. 영업팀장과 함께 전국을 돌면서 세미나를 했다. 가는 곳마다 우리의 세미나를 듣기 위해 백여 명 이상 원장들이 모였다. 마치 연예인이 된 듯한 기분이었다.

상품을 출시하는 첫날, 내가 프레젠테이션을 시작하니 원장들이 의심하는 눈빛으로 나를 바라봤다. 하지만 강의를 끝내고 나자 그들의 눈빛은 태양만큼 뜨거웠다. 열정적인 눈빛으로 변해 있었다. 웅성거리는 소리에 대박 상품임을 직감했다. 그날은 화장지가 풀리듯 말도 잘 풀렸다. 즉석에서 내향성 발톱으로 고민하는 사람에게 솔루션을 시연했다. 강의가 끝날 무렵 발톱은 보기 좋게 펴졌다. 시연 모델은 그사이 고통이 사라졌다며 연신 감탄했다. 우리 팀은 같은 방법으로 전국 각 지역을 돌며 시연했고 매일매일 매출 신기록을 갈아치웠다. 신제품에 목말랐던 지사장들이 고맙다며, 대박이라며 좋아했다.

매출도 매출이지만 이 제품 출시는 발 관리 시장의 판도를 바꾸는 계기가 되었다. 과거에는 내향성 발톱이나 무좀이 있는 고객들을 피했다. 발 관리를 원하면 병원에서 치료하고 다시 오라고 했다. 우리는 이 제품을 판매하기 시작하면서 내향성 무좀 고객을 '돈'으로 만들었고 고통을 호소하는 고객에게는 해결사가 되었다. 지금은 문제성 발 관리 및 무좀, 내향성 발톱의 교정 작업이 네일숍 서비스 메뉴 중 하나로 일반화되어 있다. 당시 그 제품으로 인해 비슷한 제품이 개발되면서 지금과 같이 발 관리 산업의 규모가 확대되었다고 말할 수 있다.

내게는 고무적인 일이 아닐 수 없다. 그 제품의 인기가 하늘을 찌르고 나의 으쓱해진 어깨는 내려올 줄 몰랐다. 나를 따라올 경쟁자도 없었고 경쟁 브랜드도 없었다. 내가 자신과 경쟁하고 있었다.

전국 백화점에 입점한 후 중점 사업은 전국 마트에 입점하는 것이었고 나는 마트사업부로 발령이 났다. 이마트, 홈플러스, 롯데마트 3대 할인점에 입점하기 시작했다. 한 달에 서너 곳의 지점을 계속해서 열었다.

신규 개점 시스템과 교육 시스템이 몸에 밴 지역팀장들이 주축이 되어 집중 관리를 이어갔다. 매장을 열 때마다 자식을 하나씩 낳는 것 같다는 사장 말이 실감 났다. 신규 매장은 신생아 키우듯 인큐베이팅했다. 직원과 고객을 보호하고 관찰하고 사랑을 아끼지 않았다. 일주일에 하나씩 매장을 반복적으로 열다 보니 거뜬히 할 수 있는 일이 되었다.

단기 성과에서 중장기 성과를 내는 일은 물론 해외에까지 250개 이상 지점을 관리하면서 다각적인 경험을 쌓아갔다. 그러한 경험이 지금 나를 만든 게 분명하다. 회사는 기하급수적으로 성장했고 조직도 커졌다. 나는 스물다섯 명의 팀장을 부하로 둔 영업본부장으로 일했다. 매일 목표를 정하고 주간 목표, 월간 목표 도달을 위해 전략을 짜고 발로 뛰면서 실천했다.

나는 천성부터 영업맨이다. 숫자는 정직하고 이성적이다. 힘들고 지쳐 가라앉다가도 달성한 실적을 보면 어느새 눈빛이 달라지고 가슴이 쿵쾅거렸다. 매출 목표를 달성하고야 말겠다는 집념으로 보낸 지난 시간이 힘들었지만 기뻤던 추억으로 아직도 남아 있다. 어김없이 12월 연말이 되면 흥분했던 그 시절이 그리움으로 스멀스멀 올라온다.

매년 11월 말부터 12월이면 내년도 사업계획서를 작성했다. 전년 대비 신장률을 포함한 매출 목표와 전략, 수익 목표 등 다음 해 계획을 수립하고 발표했다. 자료를 만드는 데 꼬박 2주는 야근했다. 전년도를 비교해가며 목표를 세우고 예산을 산정했다. 내년도 사업에 대한 전체적인 방향을 세우고 사장 이하 임원들과 조율하는 자리를 가졌다. 연간 필요한 예산을 결재까지 받아내는 회의였다.

영업본부장으로 목표를 설정하고 필요한 예산을 받아내야 했다. 투자금을 받아내는 협상을 하는 것처럼 말이다. 사장은 각 부서의 상황을 비교하며 본부장들에게 기회와 위기를 동시에 강조했다. 본부장 회의가 끝나면 나 역시 팀 목표와 예산을 팀장들과 함께 논의했다. 팀장들 역시 나와 같은 마음으로 얻어내기 위해 요구하고, 주기 위해 요구하는 협상이 시작됐다. 선의의 경쟁 속에도 묘하게 경쟁의식이 느껴졌다. 옥신각신하기도 했으니 그들은 분명 서로 경쟁하고 있었다.

언젠가 아들에게 친구와 점수를 비교하지 말라는 조언을 한 적 있다. 같은 학원 친구들끼리 서로 점수를 공유하는 분위기를 눈치챘을 때다. 그 학원에 다니지 않으면 알 수 없는 것들인데 상당한 의미를 부여하며 스스로 합리화하는 것이 느껴졌다. 그때 아들한테 일러줬다.

"누구를 이기겠다는 목표보다는 자신과 비교하고 자기 목표에 도전해야 하는 거야."

기말고사를 앞두고 아들이 안방으로 들어와 자기 계획표를 보여주었다. 무조건 과목별로 적게는 10점에서 많게는 20점까지 점수를 올리겠다는 목표를 선언했다. 계획표에는 지난번 중간고사 점수가 적혀 있었고 기말고사 목표 점수가 아래 적혀 있었다. 자신과의 목표 경쟁을 시작한 아들한테 시험 기간 내내 응원의 메시지를 보냈다.

'잘했어. 잘하고 있어. 오늘도 너와의 약속을 응원한다!'

비교 경쟁이 아닌 목표 경쟁을 권유한다. 동료와 비교 경쟁을 하면 단기간에는 매출이 신장할 수 있다. 하지만 비교라는 매너리즘에 한번 빠지면 헤어나오지 못한다. 비교하고 비교당하는 틀에 박혀 도전도 틀에 갇히고 결과를 합리화한다.

　　"그래도 누구보다 10퍼센트나 잘했는데……."

　　자존감도, 자신감도 모두 바닥으로 내려앉는 경우를 수없이 봐왔다. 내 목표와 싸우는 '목표 경쟁'을 하면 어떨까. 그렇게 하면 진정한 목표 달성을 위해 공부하고 고민하고 집중할 수 있다. 나 자신과의 목표를 의식할수록, 나 스스로와 경쟁할수록 더욱 성장할 수 있다. 누군가와 비교해서 성장하는 것이 아닌 나 스스로 성장하는 모습을 상상한다.

성과를 만드는 영업 전략 노하우 열 가지

영업하다 보면 실적이 어떻게 부담스럽지 않겠는가. 성과를 만들어내기 위해 온 힘을 다해왔다. 그러면서도 즐겁게 일할 방법으로 나만의 노하우를 개발했다. 노력이 성공적인 결과로 이어지는 몇 가지 방법이다.

첫째, 영업 회의는 축제처럼 신나게

나는 먼저 회의 문화부터 바꿨다. 매월 초가 되면 전국 숍 매니저들은 아침부터 오후까지 점별로 전월 실적과 당월 목표와 계획을 발표하고 본사의 공지 사항을 듣고 돌아가는 관행이 반복되었다. 목표를 달성하지 못한 매니저들은 아프다는 핑계를 대면서 병원 예약으로 어쩔 수 없이 참석하지 못한다는 변명을 늘어놓곤 했다. 그럴 만도 했다. 나는 '전체 영업 회의'라는 이름을 '축제'로 바꿔 불렀다. 회의는 팀별로 중요 안건과 곧바로 해결되는 건의 사항만 진행했다.

'축제'라는 이름에 어울리는 특별 행사를 만들었다. 색다른 행사를 구상하느라 또 다른 일을 만들어야 했어도 내부 고객이 만족할 수 있는 좋은 아이디어였다. 몇 가지 사례를 들어보면, 이달의 아트를 직접 자기 손에 입힌 다음 그에 어울리는 드레스코드와 메이크업까지 준비해 작은 네일 쇼를 했다. 런웨이 모델이 된 것처럼 쇼를 선보이는 행사는 생각보다 반응이 뜨거웠다.

포토존에서 서로 찍은 사진을 돌려보며 그날만큼은 매장 매니저가 아닌 네일 아트 모델이자 사진작가가 되었다. 그날 하루만큼은 붉은색 와인을 허락했다. 포상도 시상했다. 서로가 '이달의 아트'를 공부하는 시간으로 자연스럽게 학습 분위기가 만들어졌다. 때로는 팀워크와 관련한 영화 혹은 목표와 도전에 관한 영화를 감상하는 시간도 마련했다. 콜라와 팝콘을 곁들인 회의가 아닌 두 시간 영화 감상은 한 달 동안 수고한 그들에게 힐링 시간으로 보상되었다. 영화 상영이 끝나고 감동을 나누는 시간을 갖기도 했다.

한번은 놀이 강사를 초빙해 '즐거운 일터 만들기'를 주제로 게임을 했고, 코칭 강사는 고객과 직원과의 관계로 지친 매니저들의 마음을 달래줬다. 매니저들의 참여의식이 훨씬 높아졌음은 물론이고 경직된 회의 분위기가 축제 분위기로 바뀌면서 '펀 경영'을 실천했다. 매월 축제 준비가 만만치 않아도 머리를 맞대고 아이디어를 짜냈다.

이렇게 교육과 회의를 축제로 포장했다. 직간접적으로 팀장과 매니저들한테 전하는 나의 메시지는 분명했다. 즐거운 마음으로 한 달을 맞이하고 설레는 마음으로 즐길 수 있는 시간을 주고 싶었다. 그 시간에 한 달을 또다시 힘차게 뛸 수 있는 에너지를 충전했다.

둘째, 찜질방 토크쇼

팀장 영업 회의를 '찜질방 토크쇼'로 장소와 이름을 바꿨다. 분위기 좋은 스파를 찾아다니며 편한 복장과 자세로 찜질방에서 회의를 진행했다. 다행히 모두 여자 팀장이라 가능했고 편안한 분위기에서 자유로운 대화가 가능했다. 팀장에게 감동을 주는 전략이었다. 수건을 양 머리로 말고 찜질복을 입고 달걀을 까먹고 식혜를 마시면서 노트북을 펼쳤다.

노트북 콘셉트지만 깔깔거리며 영업 회의를 했다. 찜질방을 오가는 사람들이 이상하다는 듯 우리를 쳐다봤지만 아랑곳하지 않고 그 시간을 즐겼다. 서울의 유명한 스파는 거의 다 가본 거 같았다. 1박 2일로 지방 출장 겸 회의를 진행하기도 했다. 일부러 그곳 명소를 찾아다니며 여행을 즐기듯 회의했다. 대전 회의는 계룡산 밑에서, 광주는 무등산을 끼고 있는 호텔에서, 부산에서 해운대를 바라보며 했던 회의는 팀장들에게 힐링의 시간이었다.

온전히 나의 영업 목표를 달성하기 위한 시도였지만 팀 매출은 상승 곡선을 그리고 있었다. 때로는 다른 팀원들의 부러움을 사기도 했고, 우리 팀원들은 더욱 나를 신뢰하고 지지했다. 카이로스의 시간이 행사를 통해 크로노스의 시간으로 바뀌어갔다.

셋째, 일등 매장과 꼴찌 매장을 파트너십으로

모든 세상일이 그렇듯 일등이 있으면 꼴찌가 있는 법이다. 일반적으로 일등 매출을 자랑하는 매장과 꼴등을 벗어나지 못하는 매장, 중간에서 항아리 역할을 하는 매장으로 나뉜다. 나는 꼴찌 매장이 아니라 '벗어나려는 꼴찌'를 만들기 위한 전략을 세웠다. 최상위 매장과 최하위 매장 직원들을 일주일 단위로 교환학생처럼 교체 근무를 하게 했다. 즉 일등 매장 직원이 꼴찌 매장에 가서 자신들만의 고객 응대나 영업 노하우를 가르쳐주는 것이다.

마찬가지로 꼴찌 매장 직원은 일등 매장에 가서 보고 배울 수 있는 경험의 기회를 주었다. 서로 필요한 정보를 주고받으며 배우고 가르쳐주는 파트너십을 맺어주었다. 이렇게 꼴찌 매장에 신선한 의욕을 불어넣었다. 각 매장끼리 짝을 지어 한 달 동안 영업하고 공동의 목표를 주면 훨씬 더 큰 상승효과가 났다.

나중에는 매니저들이 스스로 서로 매장을 바꿔가며 일일 매니저로 근무하기도 했다. 그들은 이제 누가 시켜서가 아니라 스스로 움직였다. 꼴찌 매장의 꼴등 기간이 3개월을 넘어가려는 시점에서 적용해보면 효과적인 방법이었다. 방법은 진화한다. 이후에는 매니저와 신입 사원, 인턴사원과 시니어 사원이 짝을 이뤄 파트너가 되었다. 2인 1조가 되어 매출 목표를 주고 서로를 독려하며 영업했다. 그들은 어떻게든 함께 힘을 모았다. 선의의 경쟁을 통해 약한 자를 돕는 데 인색하지 않았다. 난 끝까지 성과를 만들기 위해 노력하는 직원들에게 오히려 가르침을 받았다.

넷째, 누가 골든벨을 울릴까?

'골든벨을 울려라!' 자주 사용하는 방법은 아니라도 마지막 주 차에 하면 효과가 매우 좋았다. 주중 4일 매출 실적보다 금, 토, 일 3일 매출 실적이 배를 넘길 때가 많다. 마지막 주 차에 목표 달성이 아슬아슬할 때 깜짝 특별 행사를 한다. 금, 토, 일 중 하루를 정하고 그날 공격적인 목표를 주었다. 그 하루로 인해 한 달 실적이 바뀔 만한 목표를 주고 특별 포상을 진행했다. 예를 들면, 평균 2백만 원 매출을 5백만 원으로 상향 조정한 뒤 당일 5백만 원을 넘기는 순간 직원들을 조기 퇴근시키는 방식이다.

직원들이 조기 퇴근하면 본사 직원과 알바가 나머지 시간을 책임지고 근무했다. 오후 2시에 5백만 원을 올리고 전원 퇴근시킨 적도 있다. 그러면 다음 날부터는 어떻게든 목표를 달성해야겠다는 의지가 생긴다. 패배 의식을 상쇄하는 방법으로 기대 이상으로 효과가 좋았다. 이때 직원들은 고정 고객에게 전화하거나 동료 사원들로부터 실적을 만들어냈다.

지나치게 결과 중심이라고 말하는 이도 있겠지만 그 과정에서 목표를 달성하기 위한 간절함이 배어 있다. 분명한 건 골든벨을 울리면 자신감도 점점 커갔다.

다섯째, 단체 전화회의, 칭찬의 힘

요즘은 줌 등으로 실시간 화상회의를 하지만 당시에는 스카이프로 진행했다. 때로는 전화기로 단체 전화회의를 했다. 각 매장 매출이나 상황은 화상이나 유선으로 보고 받고 축소 회의를 했다. 축소 회의를 하면서 팀장들이 내게 이런 요청을 했다.

"우리 지점으로 전화해서 독려 좀 해주세요. 우리 지점 아무개를 칭찬해주세요."

때로는 이렇게 유치한 방법이 효과가 크다. 오전 10시부터 10시 30분까지 5분 정도 할애해서 직접 매장과 단체 전화회의를 했다. 팀장이 요청한 대로 해당 직원을 격려하고 응원해주었다. '파이팅!'이라는 아침 메시지를 듣고 마감 후 나에게 따로 감사 메시지를 전하는 직원도 있었다. 이름을 부르며 칭찬해주는 소통은 그들에게 동기부여를 하기에 충분했다. 칭찬의 힘이 얼마나 위대한지 알게 되었다.

처음에는 팀장들의 요청으로 했지만, 나중에는 직접 칭찬거리를 찾아냈다. 가슴이 아닌 머리로 했던 칭찬이지만 진심 어린 격려가 더 좋은 결과를 만들어낸다는 걸 깨달았다. 지금은 없는 칭찬도 만들어내는 습관이 생겼다. 머리로든 가슴으로든 칭찬은 직원들의 마음을 움직였다.

여섯째, 일요일 밤은 치맥이 최고

금, 토, 일 3일간의 실적이 주중 4일간의 실적보다 대체로 훨씬 높다. 실적이 저조하다 싶으면 금, 토, 일 매출 목표를 다시 조정했다. 셋째 주 예상 달성률에 따라 마지막 넷째 주 매출이 상승 곡선으로 가느냐, 하락 곡선을 타느냐를 가름한다. 셋째 주 주말이 가장 중요한 이유다. 그래서 금, 토, 일 3일간의 목표를 조정하고 그 기간의 목표만 달성하면 치맥 비용을 지원했다. 셋째 주로 넘어가는 시점에 주로 하는 방법이었다.

목표를 달성한 직원들은 일요일 매출을 마감하고 치맥을 즐길 수 있었다. 치맥을 하면서 직원들끼리 자연스레 다음 주 영업 회의를 했다. 누가 시키지도 않았는데 그런 분위기가 조성됐다. 이 또한 학습 현상일 것이다. 그들도 치맥의 의미를 너무나 잘 알고 있다는 증거다. 하지만 매번 할 수 있는 깜짝 행사는 아니고 목표와 실적의 차이가 클 즈음 자신감을 회복하기 위한 특별 행사다.

그런데 신기하게도 사흘간의 실적대로 일주일 매출 실적이 만들어졌다. 나아가 단기 목표를 주고 거기에만 집중할 수 있게 했다. 사흘간 실적에서 얻은 자신감으로 장기 목표를 끌고 가는 힘을 얻는 방법이었다. 간혹 처음부터 엄두조차 내지 못할 만큼 무리한 목표를 제시할 때가 있다. 목표와 계획표만 쳐다보고 뿌듯해하는 사람도 있겠지만 한숨만 푹푹 쉬는 사람도 수없이 많이 봐왔다. 더러는 목표만 바라보고 시간만 흘려보내는 사람도 있다.

한때 나도 그랬다. 계획 세우기가 취미이자 특기인 사람처럼 썼다 지우기를 반복하며 계획표를 만든 적이 있었다. 하지만 지금은 다르다. 목표는 최대한 가볍고 단순하게 세우는데 단기 목표부터 목표를 잘게 잘라낸다. 목표가 단순하고 명료하다면 앞으로 해야 할 일이 명확하다. 명확한 일을 선명하게 처리하면 된다. 훨씬 빨리 결과물을 얻는 방법이다.

일곱째, 세일즈왕! 쇼호스트가 되다

TV 홈쇼핑을 보면서 이 물건은 안 사면 안 될 것 같은 압박감과 긴박함을 느낄 때가 있다. 반드시 완판하고야 말겠다는 쇼호스트와 충동구매를 하지 않겠다고 다짐하는 내가 존재한다. 결국 내가 지갑에서 카드를 꺼내고 만다. 카드값을 걱정하며 꾸물대다가도 마감 시간이 다가오면 여지없이 구매 버튼을 누르고 결제한다. 누구나 한 번쯤 그런 경험을 해봤을 것이다.

우리도 그대로 적용해보기로 했다. 교육을 위한 교육을 받을 셈으로 참여하는 직원이 많았다. 교육 시간이 늘어나면서 언제부턴가 나도 시간 때우기로 교육하고 있다고 자각했다. 교육 방식에 변화를 줘야겠다는 생각이 들었다. 직원들에게 가장 자신 있는 기술과 상품을 판매해보는 시연회를 하기로 했다. 쇼호스트처럼 제품을 소개하는 시연회를 아예 교육과정으로 편성했다.

처음에는 쑥스러워하면서 머뭇거리고 빼는 직원들이 많았다. 하지만 시간이 지날수록 자신만의 아이디어를 더해 고객들의 사용 사례를 자료 게시판으로 만들어 발표하는 직원들이 생겨났다. 은근히 서로 간에 경쟁하는 분위기였다. 다른 직원들의 모습을 따라 하고 응용해서 자신의 것으로 만들기도 했다.

우수한 시연 장면은 교육용 영상으로 만들어 사용했고 당연히 동기부여를 위해 포상도 함께 주어졌다. 그렇게 교육한 후 3개월 간의 매출을 분석한 결과 세일즈왕이 하나둘씩 늘어갔다. 단지 포상 때문만은 아니었을 것이다. 나와 직원들은 성취감을 느끼고 있었으며 실적이 상승 곡선을 타는 것에 재미가 붙은 듯했다. 기발한 아이디어를 찾던 중 시원한 물 한 모금으로 목을 축인 듯했다.

지금도 매월 서너 번의 회의와 교육 시간이 내 일정표를 빼곡히 채우고 있다. 단지 대상만 다를 뿐이다. 교육을 위한 교육, 회의를 위한 회의 등 따지고 보면 이런 데 쏟아부은 열정이 아깝다. 혹시 내 주관적인 목표와 희망에만 몰두한 나머지 '좋아질 거야. 괜찮을 거야'라며 자신을 합리화하지 않았는지 돌아보게 된다.

여덟째, NO 컴플레인 100일 운동

일을 할 때 불평, 불만 사항이 접수되면 그야말로 치명적이다. 불만 사항을 드러내며 항의하는 고객 확률은 백분의 육이다. 대부분 고객은 '그냥 안 가면 되지 뭐!'하고 만다. 그런 고객이 나머지 아흔네 명이다. 사실 우리가 집중해야 할 고객은 아무 말도 없이 떠나가는 고객이다. 특히 여름으로 갈수록 극성수기에 달해 고객들의 불만 사항 접수가 종종 있기 마련이다.

직원들은 불만 사항을 예방하는 방법을 배우고 대안을 제시하며 문제 해결을 할 수 있는 능력을 익혀야 했다. 내가 택한 방법은 롤플레잉으로 몸에 익히게 하는 연습이었다. 직접 고객의 입장이 되어 역할극을 해보면서 긍정적인 부분과 개선해야 하는 부분을 찾게 했다. 또 100일 안에 클레임 접수가 없도록 전 매장에서 특별 행동 기간을 진행했다.

이 특별 행사 역시 흥미롭게 접근했다. 불만이 접수되면 재교육받게 하고 반대로 칭찬받은 내용이 접수되면 매장으로 간식 상자를 배달시켰다. 꽤 많은 매장이 '불만 없는 매장, NO 컴플레인 매장' 대열에 합류했다. 그리고는 최우수 매장으로 선정되었다. 상장이 비치된 그 매장은 단골들이 더 직원들을 칭찬하고 좋아한다. 그러다 보니 칭찬받는 자랑스러운 매장이 하나둘 늘어갔다.

특별 행동 기간은 많은 사람이 열띤 참여 의식을 가지고 움직일 때 더 큰 힘을 발휘하고 연대감을 북돋운다. 우리 부서는 매년 직원들과 함께 표어를 만들었는데, 이는 곧 '슬로건'이 되기도 했다. 성과를 기대하며 의식적으로 만들었는데 특별한 목적을 지닌 캠페인은 '성과'라는 두 글자를 더욱 빛나게 했다.

아홉째, 특별한 날 행사

특별한 날 행사를 만들었다. 우리는 매월 14일이면 어떤 행사가 쏟아지는지 이미 안다. 나도 이 영업 전략을 우리만의 방식으로 각색하고 재해석했다. 밸런타인데이나 화이트데이 때 사랑하는 이와 동반 입장 시 '원플러스원' 혹은 커플 방문 시 할인, 4월 1일은 네일데이라고 명명하고 '네일데이 특별 행사'를 만들었다. 5월은 가정의 달로 행사가 대거 쏟아진다. 네일 제품으로 선물 상자를 만들기도 하고 네일 상품권도 판매했다.

유월부터 팔월까지는 휴가철이다. 여름에 즐길 수 있는 네일 아트와 페디 아트로 고객들을 유혹했다. 매력적인 이달의 아트를 만들어내는 등 매월 우리만의 특별한 날을 만들었다. 행사가 많아 질릴지도 모르지만 어떻게 각색하느냐에 따라 고객들은 다르게 반응했다. 매출은 물론 고객들은 특별 행사를 보고 우리를 다른 숍과 다르게 생각하는 것 같았다. 고객들은 언제나 우리 매장을 찾을 때 색다른 행사를 만날 수 있었다. 끊임없이 연구하고 고객에게 무엇인가를 주기 위해 노력한다는 강한 인상을 주었다. 고객들에게는 즐거움을 주면서 지갑을 쉽게 열게 하는 방법이었다. 고객의 즐거움이 곧 우리의 즐거움이었다.

열째, 일일 숍매니저 체험

일의 흥미와 신선감이 떨어질 즈음, 매장에서는 매일 똑같은 업무를 반복해야 한다. 뭔가 자극이 필요한 시점이다. 직원들이 서로 돌아가며 매니저 역할을 해보기로 했다. 하루에 불과하지만 단 하루만이라도 매니저가 되어보는 것이다. 내가 아닌 상대가 되어 살아보면 역지사지를 알게 되고 타산지석을 배우는 기회가 될 수 있다고 생각했다.

'나는 매니저가 아니라서 책임이 없어'

이렇게 생각하는 직원들 의식이 달라지길 바랐다. 실험 매장으로 몇몇 지점을 먼저 실행에 옮겨보았다. 책임감 때문인지 일일 체험이지만 결과는 생각 이상이었다. 오히려 더 많은 매출이 발생했고 고객 접객 수도 더 많아졌다. 단 하루라 하더라도 내가 그 사람처럼 살았기 때문이다. 체험 덕분에 직원들이 매니저를 더 잘 이해할 수 있었다.

매니저 혼자 떠안았던 책임감과 주인의식을 직원들과 나눌 수 있었다. 이 제도는 매장에서 팀워크가 흔들릴 때 도움이 되었던 방법이다.

이처럼 작은 경험을 통해 서로를 이해하고 돕는 방법을 배울 수 있었다. 다른 산에 있는 돌이라도 나의 옥을 가는 데 서로 도울 수 있는 우리가 된다는 걸 나 또한 깨달았다. 팀워크를 통해 공동의 목표 지점에도 빨리 다다를 수 있었다.

3

나의 K-뷰티 문화 답사기

중국, 1호점에서 100호점으로

인도네시아, 죽기 아니면 까무러치기

호주, 꼴찌에서 일등으로

미국, 아이템보다 시스템

'나'를 만드는 3가지 시스템

중국, 1호점에서 100호점으로

2022년은 중국 수교 30주년이다. 처음 중국 수교가 이루어지자 너도나도 많은 젊은이와 기업이 중국으로 눈을 돌렸다. 우리 회사도 중국 1호점 개설을 시작으로 중국사업부를 키워나가기로 했다. 중국 1호점은 상당히 고무적인 역할을 하면서 신선한 반향을 불러일으키고 있었는데 백화점에서 새로운 MD로 자리매김하기 시작했다. 신나기도 했지만 한편으로는 신기했다.

게다가 중국인들은 한류 열풍에 푹 빠져 있었다. 중국에 입점한 백화점에서 네일 아트 쇼를 하면 사람들이 광장으로 모여들었다. 우리는 그들의 폭발적 반응이 신기했고 그들은 우리의 손놀림을 보고 연신 감탄했다. 네일 아트를 받기 위해 줄을 서는 오랜 기다림을 감수했다. 매번 중국 출장을 갔다 귀국할 때는 목에 금메달을 걸고 오는 금메달리스트가 된 기분이었다.

이렇게 중국 시장에 100여 곳 매장을 열 수 있었다. 우한, 상하이를 거점 지역으로 두고 매장 관리를 하며 사업을 펼쳐 나갔다. 우한 1호점을 시작으로 100호 매장을 열 즈음, 우리는 또 다른 시도를 했다. 스파 콘셉트 고급 살롱으로 중국과 한국 문화를 잘 융합해서 인테리어했다. 서비스는 네일뿐 아니라 속눈썹과 메이크업, 왁싱까지 토털 살롱으로 콘셉트를 잡았다.

누가 봐도 중국 부호들을 위한 차별화된 서비스를 장착했다. 내가 진두지휘하고 있었는데 문제는 메이크업 시연이었다. 나는 메이크업을 배워본 적 없었다. 내 얼굴에 하는 메이크업조차 민망할 정도로 못한 나였지만 출장 계획이 잡히고 일주일간 메이크업을 스파르타로 배웠다. 개점 행사 프로그램에 내가 메이크업 아티스트가 돼야만 했다.

한국의 유명 인사를 초빙해 함께 가려면 비용이 엄청났기 때문이다. 대신 일인이역을 해야 했으니 유명한 한국 메이크업 아티스트인 척해야만 했다. 시연회를 마치고 고객들은 나와 함께 사진을 찍자고 했다. 나는 천연덕스럽게 흰 잇몸과 광대뼈를 드러내며 사진을 찍었다. 연예인이라도 된 듯 중국 사람들은 나를 환호했다.

그날 행사를 마치고 팀원들과 깔깔거리며 웃었던 기억이 난다. 팀원들은 나의 떨리는 손목을 보고 실수를 알아챘다. 팀원들만 알아챘으니 다행이었다. 이런저런 실수를 뒤로하고 행사는 성공적으로 마무리되었다. 중국 지사장도 흡족해하는 눈치였다. 내게 계속 출장을 와달라고 했다.

'내가 아니면 누가 하랴. 한번 도전해보는 거지 뭐.'

재미있는 경험이자 유쾌한 도전이었다. 우리는 중국을 접수한 듯 자신감이 머리끝까지 올라갔다.

꽃샘추위가 도는 2022년 3월에 개점한 광교 앨리웨이점은 아파트를 끼고 있는 주상복합 쇼핑몰에 위치해 있다. 1층에 편의점이 있다. 주로 후문을 이용하는데 잠겨 있었다. 정문으로 가려면 상가 건물을 돌아가야 한다. 후문 이용을 막는다고 생각하고 편의점 정문으로 갔다. 정문에는 푯말이 붙어 있었다.

'잠시 외출 중'

며칠 후 편의점으로 생수를 사러 갔다 혹시 몰라 후문을 당겼는데 열렸다. 생수를 사고 나오면서 알바에게 요청했다. 외출할 때 후문에도 '잠시 외출 중'이라는 푯말을 붙여달라고. 알바는 푯말이 없어서 안 된다고 했다. 나는 쏘아붙이듯 말했다.

"종이에 그냥 써서 붙이면 되죠. 여기 프린트해서 붙이면 되겠네요."

알바는 쓴웃음을 지어 보이며 말한다.

"사장님께 말씀드릴게요."

안 하는 것인가, 못 하는 것인가. 하기 싫은 일이 못 하는 일이 돼버렸다. 세상에 못 할 일은 없다. 하고 싶지 않기에 못 하는 일로 단정하는 것이다. 할 수 있는 일과 할 수 없는 일을 구분해서 할 수 있는 일만 할 수는 없다. 하고 싶은 일만 할 수는 더더욱 없다. 할 수 있는 일만 하고 산다면 누구나 능수능란하게 잘할 수 있다. 하지만 성장이라는 즐거움을 누릴 수 없다. 하고 싶은 일만 하면서 산다면 만족스러운 삶을 누릴 수 있다. 하지만 발전이라는 기쁨을 느낄 수 없다. 어렵고 두렵고 힘든 일을 피하는 것만이 능사는 아니다. 할 수 없는 일을 해낼 때 성장과 발전이 내게로 한발 가까이 다가와 있다.

인도네시아, 죽기 아니면 까무러치기

우리는 인도네시아로 향했다. 처음 인수한 매장이 자카르타에 있는 스나얀 대형 백화점이었다. 인도네시아에는 이슬람교도가 많다. 이들은 하루에 세 번씩 기도한다. 기도를 올릴 때는 정갈하게 손을 씻고 손톱을 깨끗하게 해야 한다. 이곳에서 네일 아트가 가능할까? 네일 문화를 전파할 수 있을지 고민했다. 한국에서 머리만 싸매고 있어서는 답이 안 나왔다. 현지로 가서 직접 부닥쳤다.

히잡을 둘러쓴 많은 여성이 쇼핑하고 있었다. 답이 의외로 쉽게 나왔다. 인도네시아 역시 새로운 문화의 바람이 불고 있었다. 여성의 권위가 높아지고 사회 진출도 활발해져 경제적 자유를 지닌 고학력 여성들이 증가 추세인 데다 빈부의 격차도 심했다. 부유층 여성은 도우미나 기사를 데리고 쇼핑하는 모습을 흔히 볼 수 있었다. 부유층 여성을 공략하는 전략을 선택했다.

한류에 힘입어 네일 아트의 바람을 일으키자고 마음먹었다. 마케팅 방법을 새롭게 개발해 고품격 라이프 스타일을 추가했다. 가격도 인상하고 그에 걸맞게 서비스는 더욱 고급스럽게 만들었다. 우리의 예측은 적중했다.

출장 첫날 하는 첫 번째 교육은 어디서나 비슷하다. 마인드 다지기, 즉 '마음먹기'교육이다. 마음을 먹는 건 쉽지만 마음을 먹고 나서는 힘든 과정을 감수해야 한다. 인도네시아 현지 팀에 왜 실적이 부진한지 묻자 똑같은 대답을 늘어놓았다.

"우리도 해봤는데 안 돼요. 여긴 원래 그래요."

이런 답변은 경험으로 익히 알고 있었다. 온갖 변명과 핑계를 버리게 하는 것이 나의 '마음먹기' 교육이다. 매출 목표를 세우고 구체적인 계획을 짜고 반드시 달성해야 하는 당위성을 스스로 인식하게 만드는 것이다. 성과를 내는 방법을 찾아줘야 했다. 그다음 실행을 위한 실무적인 방법을 교육했다. 기존의 서비스 방식을 완전히 새롭게 바꾸고 다시 세팅했다. 어떻게 포장하느냐에 따라 결과물이 완전히 달라지는데 그 포장이 바로 마케팅이다.

우리나라 최초로 장미 품종 개량에 성공한 장미 박사 김원희 연구원이 관리하는 육종 단지에는 오백여 종의 장미가 재배되고 있다고 한다. 그녀는 인터뷰에서 이렇게 말했다.

"장미는 패션처럼 유행에 민감해요. 트렌드를 읽어야 개발에 성공할 수 있어요."

그녀는 장미를 개발하기 위해 세계의 패션 트렌드까지 배운다고 했다. 인도네시아에서 네일이라는 서비스 상품을 팔기 위해서는 인도네시아를 공부해야 했다. 문화와 역사의식, 종교의식, 미래의 시장 상황까지 공부해야 했다. 그들은 무엇을 좋아할까? 무엇에 감동할까? 우리 기술에 감동 포인트를 잘 포장해야 했다. 그것이 두 번째로 내가 할 일이었다. 가격과 서비스 메뉴 폭을 늘리고 디테일을 강조했다.

고객이 선택할 수 있는 옵션을 만들었다. 선택에 따라 마사지 향과 컬러테라피 기법을 활용했다. 마지막은 현장에서 함께 실행하는 것이었다. 언어적인 문제가 있지만 개의치 않았다. 보디랭귀지와 눈웃음으로 충분했다. K-뷰티로 이슈를 만들고 타임 서비스를 진행하며 특별한 혜택을 주었다. 이렇게 해서 한화로 하루 1백만 원 이상의 매출을 올렸다. 루피아로 계산하면 어마어마한 매출이었다.

백화점 담당자도 인도네시아팀도 모두 놀라는 눈치였다. 우리 팀은 순간 인도네시아의 신흥 부자가 된 느낌이었다. 일 매출 백만 원은 시장을 분석하고 세운 목표였다. 인도네시아 지사장은 불가능하다며 손사래를 쳤다. 하지만 불가능한 목표를 가능하게 만들고야 말겠다는 목표 의식이 그들을 움직였다.

나는 인도네시아팀에게 할 수 있다는 자신감과 목표 의식을 심어주었다. 가장 큰 수확이었다. 핑계와 변명 따위는 통하지 않았다. '마음먹기'는 반복적으로 이루어졌다. 일주일간의 출장을 마치고 귀국길에 올랐다. 나는 비행기 안에서 모든 긴장과 무게감을 내려놓은 듯 쓰러졌다. 아무것도 기억나지 않았다. 눈을 떠보니 비즈니스석에 누워 있었다. 비행기에서 화장실을 가다 의식을 잃고 쓰러졌다고 했다.

　　죽기 아니면 까무러치기라는 생각으로 일주일을 밀어붙였다. 휠체어를 타고 공항을 빠져나오는 모습에 나 자신도 어이가 없었다. 이번 출장은 잊을 수가 없었다. 이루고자 하는 목표를 향해 열정적으로 달린 팀원들의 출장 보고서 제목은 '죽기 아니면 까무러치기'였다. 덕분에 인도네시아에서는 1호점을 시작으로 6호점까지 같은 시스템으로 인수했다. 내 열정은 식을 줄 모르고 다음 나라와 목표를 찾고 있었다.

호주, 꼴찌에서 일등으로

그다음은 호주다. 호주는 워킹홀리데이를 가는 학생과 젊은이들이 많았다. 중국이나 인도네시아 같은 아시아 국가와는 다른 느낌이었다. 우리 직원들도 호주에서 해외 근무하는 것을 더 좋아했다. 이번에도 우수한 직원을 선발해서 함께 호주로 향했다. 우리가 신규 개점하는 곳은 고스포트라는 소도시였다. 고스포트에는 여러 개의 대형 쇼핑몰이 하나의 큰 돔을 이루고 있었다. 그곳에 우리가 입점하게 되었다.

그곳에는 이미 네일숍 여섯 곳이 영업 중이었고 우리가 일곱 번째로 문을 여는 것이었다. 우리 숍 옆으로 나란히 헤어숍이 있었다. 뷰티존으로 연계 마케팅을 하기에는 좋은 구조지만 헤어숍 바로 옆에 이곳에서 가장 큰 네일숍이 성공리에 운영 중이었다. 우리 숍 옆, 그다음 옆도 대형 네일숍이었다. 나는 물론 우리 팀원들도 상권이나 위치에 대한 정보를 전혀 알지 못했다. 이루 말할 수 없이 황당하고 당황했지만 이미 주사위는 던져졌으니 어쩔 수 없었다. 어떻게 승산을 낼 것인지가 내게 주어진 임무였다. 무조건 이기는 게임을 위해 집중하는 힘이 필요했다. 일하는 방식은 거의 비슷했다.

첫 번째는 팀원들의 마인드 셋업이다. 이곳에 체류하게 되는 직원들도 무척 긴장한 눈치였다. 시작도 안 했는데 패배 의식에 젖으면 이만저만 큰일이 아니다.열다섯 평 규모로 신규 입점하는 우리에 비해 옆에 자리 잡은 대형 숍은 족히 서른 평은 돼 보였는데 스파 의자 열 대가 놓여 있었다. 기가 죽은 직원들에게 희망과 용기를 주는 정신 교육이 필요했다. 일단 우리 팀의 강점을 무기로 만들어야 했다. 바로 고객과의 대화 능력이었다.

모두 유창하게 영어를 할 줄 아는 직원들이었다. 이는 자랑할 만한 대단한 무기였다. 옆의 살롱은 직원들이 거의 베트남 출신으로 영어를 못해 고객과 원활한 대화가 어려웠다. 우리 팀은 영어와 기술이 탁월한 엘리트 직원들이라 고객들에게 네일 상담을 해줄 수 있었다. 또 일상 대화로 고객과 지속적인 관계를 유지할 수 있었다. 직원들은 자신감에 찬 눈빛과 목소리로 변해 있었다.

두 번째는 어떻게 차별화시킬 것인지에 대한 영업 전략 수립이었다. 가장 큰 차별화는 '네일 사랑방' 콘셉트였다. 화기애애한 분위기에서 고객들에게 재미와 아름다움을 동시에 선사하도록 했다. 고객들은 한국에 대해 궁금한 것이 많았다. 직원들에게 한류 스타, 음식, 한국 문화를 알리는 전도사 역할을 맡겼다.

다음 차별화는 서비스 프로그램이었다. 우리는 중국과 인도네시아에서 스파가 히트 상품이라는 사실을 이미 경험했다. 호주는 웰빙 트렌드에 맞게 '웰니스 스파'로 보다 업그레이드했다. 희소성과 가치를 동시에 부여할 수 있는 메뉴였다.

다음으로 멤버십 제도를 도입해 차별화를 꾀했다. 멤버십을 운영하는 곳이 거의 없어 회원 가입을 유도하며 특별 혜택을 주었다. 그들은 신선하게 반응했고 흔쾌히 멤버십에 가입해 다양한 혜택을 누리는 것에 만족해했다.

세 번째는 이기는 게임을 위한 홍보 전략이다. 고객들의 주요 동선을 파악하고 유입이 많은 장소를 찾아 퍼포먼스를 하기로 했다. 당시 싸이의 '강남 스타일'은 전 세계를 휩쓸고 있었다.

'한 번에 올킬하자!'

직원들은 말 가면을 쓰고 뮤직비디오에 맞춰 말춤을 췄다. 한마디로 축제였다. 우리 팀을 구경하던 이들도 같이 춤을 추고 노래했다. 자연스럽게 그들을 우리 숍으로 유도했다. 홍보의 일등 공신은 싸이의 말춤이었다. 매장 앞 대형 TV에서는 고객이 끊긴다 싶으면 싸이의 뮤직비디오를 플레이했다. '강남스타일'이 울려퍼지면 어느새 고객들은 우리 숍으로 몰려들었다. 나는 열흘 동안 호주점 매장을 안착시키고 돌아왔다. 출근해서 모닝커피와 함께 호주에서 온 메일을 읽는 것은 행복한 아침 일과였다.

승전보는 더욱 진한 커피 향으로 느껴졌다. 목표 달성은 물론 기대 이상의 매출을 만들었다. 개점 일주년 축하 행사 마케팅 계획안을 메일로 보냈는데 뜻밖의 답장을 받았다. 우리 옆에 있던 가장 큰 네일숍이 인테리어 리뉴얼을 한다는 것이다. 아마도 우리 팀에 위기의식을 느낀 모양이라고 했다. 그러고는 리뉴얼한 지 얼마 못 가 폐업했다.

호주 역시 우리 팀의 승리다. 다행인지 불행인지 경쟁자가 안 나타난다. 경쟁자가 있어야 자극돼 승부 욕심이 더 생기게 마련인데 그래도 좋다. 일등을 즐겁게 지키고 있다. 한편 마인드 전략, 영업 전략, 홍보 전략도 운이 좋았다. 싸이의 말춤이 아니었으면 뭘 했을까?

미국, 아이템보다 시스템

2006년 11월 미국 진출을 결심했다. 이유는 간단했다. 이미 네일숍을 운영하고 있는 한국인의 손기술이 호평을 받고 있었다. 게다가 동양인의 친절하고 따뜻한 미소는 미국인들에게 좋은 인상을 주었다. 또 하나, 현재 한국 네일 업계는 전문 학사나 학사, 석사 출신의 고급 기술자들이 많다는 점이었다. 기술과 지식을 바탕으로 한 프로 네일리스트는 확연하게 차별화할 수 있었다.

사장은 미국 시카고에 학원을 설립하는 계획을 먼저 세웠다. 한국형 커리큘럼을 미국 네일숍 스타일에 맞게 응용하고 적용하고자 했다. 미국 진출을 위한 첫 번째 가교로 학원을 선택한 것이다. 나는 직원들과 함께 미국행 계획을 세웠다. 그 계획 역시 내가 앞장서서 진행했다. 시카고의 겨울바람은 서울보다 훨씬 더 매섭고 차가웠다. 하지만 우리의 뜨거운 가슴과 흥분된 열정은 추위마저

녹여냈다. 시카고의 스테이플스와 시얼스 등을 오가며 학원의 필수 문구류부터 작은 인테리어 소품까지 날랐다. 모두 각자의 자리에서 손발이 척척 맞았다. 다른 한편에서는 책상과 의자를 정리하고 있었다. 다른 한쪽에서는 수강생 모집을 위한 마케팅 회의를 하며 각자의 몫을 담당하고 있었다. 홍보 방법을 총동원했다. 신문사와 잡지사, 네일협회를 찾아가 우리를 알렸다.

나는 시카고 ≪중앙일보≫와 인터뷰하고 기독교 라디오 방송에 출연해 자연스럽게 아카데미를 소개했다. 주위의 격려에 힘입어 학원도 성공적으로 신규 개점 행사를 마치고 시카고의 미시간호를 여유롭게 바라보며 커피 향을 음미하고 있었다. 지금 내 오래된 앨범에 신문 인터뷰 기사와 방송 출연 CD가 고스란히 있다. 지금 생각해도 가슴이 뛰는 뜨거운 경험이었다.

다음 해 2007년 8월, LA에 있는 OPI 살롱을 인수하기로 했다. 할리우드 스타들을 겨냥한 안테나숍이었다. 1층은 전문 네일숍, 2층은 브이아이피룸과 스킨케어룸, 콘퍼런스룸이 있었다. 고풍스러운 가구와 고급 소품, 편안함과 아늑한 힐링 공간의 분위기를 살려주는 조명 등 최고 시설로 공간 마케팅에 집중했다. 이번에도 호주에서의 경험을 살려 핵심 인재를 선발했다.

네일의 본고장 미국, 그것도 할리우드에서 가까운 스튜디오시티. 설레는 기분은 비행기 위 구름보다도 둥실거리고 있었다. 현지 미국인들과 호흡을 맞춘다는 건 아무래도 어렵겠지만 만남 자체만으로도 흥미진진했다. 다시 정식으로 신규 개점을 한다는 생각으로 하나부터 열까지 점검하고 또 점검했다. 우리는 8월의 뜨거운 태양에도 불구하고 매니큐어 병 가면을 쓰고 거리 홍보에 나서며 새단장 개점 행사를 했다.

더위도 열정으로 이겨내고 있었다. 방문한 고객 한 명 한 명에 집중했다. 쿠폰과 할인권, 작은 선물도 준비했다. 고객들은 상당히 만족해하는 반응을 보였고 소개로 오는 고객도 꽤 많았다. 예상한 대로 핵심은 우리 숍의 전문가 수준을 능가하는 인재들이었다. 그들이 기술과 전문 지식을 아우르며 처방전을 쓰듯 고객의 손톱은 물론 피부 상황과 스타일에 맞는 컬러와 아로마 오일, 트렌드 아트까지 제공하며 일목요연하게 시스템으로 움직였다. 네일 아트라는 아이템에 시스템을 더한 셈이었다. 아이템보다 중요한 것이 시스템이라는 것을 새삼 배웠다.

이어서 LA 오렌지카운티에 개점했다. 시스템이 있었기 때문에 연달아 개점하는 일은 그리 어렵지 않았다. 복제 시스템에 곁가지를 붙이고 떼는 일을 반복했다.

언젠가 창업박람회에 간 적 있는데 좋은 아이템을 고민하며 찾아다니는 사람들을 봤다. 배에 올라 낚싯대 하나 들고 뭐 하나 걸리기를 바라는 사람을 보면 낚싯밥을 던지듯 여기저기 창업 상담하기 위해 기웃거린다. 살면서 이런저런 사람들한테 자주 들은 말이 있다. 그들은 내게 좋은 아이템을 가지고 있다고 했다. 하지만 나는 좋은 아이템이 뭔지도 모르고 사업을 시작했다.

그저 뼛속까지 달라붙어 있는 일이었을 뿐이었다. AI, 에너지, 그린 환경, 메타버스, IT 융합 같은 신생 사업류도 아닌데 좋은 사업 거리라고 부러움이 섞인 목소리로 말한다. 물론 아이템도 중요하다. 그러나 시스템이 더 중요하다는 내 생각에는 변함이 없다. 시스템을 구축해놓으면 어떤 아이템도 시스템에 녹일 수 있다. 시스템 없이 사업을 하고 창업을 한다는 것은 우물가에 가서 숭늉을 찾는 격이다. 일의 순서에 따라 계획하고 실행하고 조정하는 과정이 시스템이다. 사업이나 창업할 때만 필요한 것이 아니다. 개인에게도 시스템은 필요하다.

'나'를 만드는 3가지 시스템

처음에는 해외사업부까지 확장할 거라고는 생각하지 못했다. 회사와 함께 내가 성장하고 있었다. 처음 중국에서 신규 개점할 때 함께 한 일을 계기로 사장은 항상 독려하고 용기를 줬다. 해외 1호점은 무조건 '박경아'가 가야 한다는 일종의 신념을 줬다. 그만큼 어깨도 무거웠다. 1호점이라는 특수 상황에서 무조건 성과를 만들어내야 한다는 강박관념도 있었다.

하지만 성공에 대한 두려움이나 힘든 일에 대한 불만은 없었다. 다소 불편한 상황도 있었지만 자잘한 불편한 요소가 일을 그르칠 거라는 생각은 애초에 없었다. 입으로 말하고 머리로 생각하고 행동으로 결과물을 만들어냈다. 따지고 보면 '나의 K-뷰티 문화 답사기'는 나만의 세 가지 시스템 덕분이다.

첫째, 생각 시스템이다. 긍정적으로 생각하고 '잘할 수 있다'

가 아닌 '잘한다'라고 스스로 희망 메시지를 주며 잘라 말한다. 그리고 생생하게 시각화한다. 생각 근육을 단단하게 만드는 것이다. 그러면 자신감과 함께 감정 근육도 튼튼해진다. 어떠한 불만도, 불편도 부정하게 되고 긍정의 씨앗이 싹트게 된다.

둘째, 행동 시스템이다. 프로젝트를 계획하면 그 일의 기승전결을 적어본다. A부터 Z까지, 투두리스트(To Do List)를 나열하고 우선순위와 중요도를 따져본다. 그중 한두 가지는 당장 하지 않아도 되는 일, 해도 되고 안 해도 되는 일이 포함되는데 그런 일은 걸러낸다. 시간도 마찬가지다. 24시간이라는 물리적 시간을 유연하게 사용하는 방법이다. 쓰지 않아도 되는 시간은 포기해야만 시간을 아낄 수 있다.

계획표를 통해 시간 관리와 업무 회의 등 관계 관리를 동시에 하고 있다. 협업해야 할 때는 적합한 인재를 찾는다. 내가 주로 했던 사례로는 SWOT 경영전략을 인재전략으로 활용하는 방법이다. 그럴 경우, 스스로 중점 사항과 중장기 전략 그리고 중단하고 하지 말아야 할 일까지 알아차리게 된다. 그 밖에 성향 분석 도구로 자신의 효율적인 대화 방법을 찾아냈다. 이걸 토대로 팀원들 업무를 분담했다. 또 그들과 맞추기 위해 나의 언어 방식을 찾아내기도 했다.

이러한 방법을 통해 각자 가장 잘할 수 있는 일을 분배하고 자신이 직접 결정할 수 있게 한다. 이것이 나의 행동 시스템이다. 하지만 생각 시스템이 작동한다고 해서 행동 시스템을 바로 실행하기는 어렵다. 실행을 위한 행동 시스템의 도구가 필요하기 때문이다. 투두 리스트, 플래너, 성향 분석 툴 등을 활용하고 있다.

셋째, 습관 시스템이다. 우선순위와 중요도 순으로 나눈 업무 점검표가 가장 빠르고 효과적이다. 원시적인 방법 같지만 가장 시각적이고, 즉각적으로 반응이 오기 때문이다. 나는 반복적으로 점검한다. 꾸준한 반복은 결국 습관을 만든다. 또 하나, 중간 점검과 피드백을 하는 과정을 반복하면 내 머리와 몸에 습관 시스템이 만들어진다. 대니 그레고리가 쓴 책 ≪내 머릿속 원숭이 지우기≫에는 사사건건 참견하고 걱정하는 원숭이가 나온다. 이 시스템을 반복하다 보면 가끔 머리를 내밀고 들어오려는 '내 머릿속 원숭이'들이 얼씬도 하지 못하고 도망간다.

내 개인적인 삶에도 시스템이 존재한다. 최근에는 코로나19로 인해 많은 것이 변했다. 세대도, 고객의 성향도 급격하게 변하고 있다. 미래의 변화에 맞춰 시스템도 바뀌고 있다. 때로는 이런 상상을 해본다. 삼차원 가상 세계에서 네일 서비스를 안내받고 NFT 플랫폼에서 창작 네일 아트 작품을 사고팔 수 있는 날을.

요즘 나는 미래의 나를 위해 또다시 바꿔야 할 시스템을 만들고 있다. 변화에 따라 움직일 수 있는 생각 시스템을 유연하게 하는 중이다. 그리고 그 생각에 따른 행동 시스템을 설계한다. 이를 반복해서 다시 한번 습관 시스템을 단단하게 구축하고 있다.

4

'독립선언문'을 위해 해방 일지를 쓰다

엄마 나이 한 살에 내린 결단

내 삶의 원칙을 만들다

똥고집으로 지킨 내 직업이 사라진다고?

80평생 손톱 병신과 행복한 친구 먹기

오지랖 덕분이다

프랜차이즈의 상품은 그 사업 자체다

엄마 나이 한 살에 내린 결단

　아이들의 운동회날이다. 며칠 전부터 두 아들이 반 대표로 계주 경기에 참여한다고 했다. 올 수 있냐고 자꾸 물어보는데 딱히 확답하지 못했다. 4월 30일, 매월 말일은 영업본부장인 내게는 매우 중요한 날이다. 실적이 아슬아슬해서 애가 탔다. 나의 구원 요청을 받아줄 사람은 친정엄마뿐이었다. 오전 아홉 시에 운동회가 시작되자마자 나는 아이들과 눈도장을 찍고 손바닥을 맞추며 두 손을 번쩍 들어 올렸다.

　그때 할머니가 운동장으로 들어섰다. 친정엄마와 임무 교대를 하고 아이들 몰래 슬쩍 빠져나와 곧바로 회사로 향했다. 한 손은 운전대를 잡고 한 손은 핸드폰으로 전화번호를 검색하던 중이었다. 갑자기 눈앞에 커다란 트럭이 맹렬하게 호랑이 떼처럼 덮쳤다.

　머릿속으로는 핸들을 틀어야 한다고 생각하면서도 미처 그럴 새도 없이 내 차는 트럭과 정면으로 충돌하고 말았다. 쇠를 찢는 굉음이 귀를 뚫을 정도였다. 잠시 정신을 잃었고 아픈 줄도 모른 채 눈을 떴다. 사이렌 소리가 들리기 시작했고 나를 가운데 두고 주위에 경찰 제복을 입은 사람들이 에워싸고 있었다. 정신이 드느냐며 구급차에 올라타라고 부추겼다.

"내 차 안에서 핸드폰 좀 꺼내주세요! 핸드폰 소리가 들려요."

거의 폐차 수준의 차에서 핸드폰을 꺼내려 하자 경찰은 환청이 들리는 거라며 나를 제지했다. 하지만 난 극구 차 안으로 기어가 핸드폰을 꺼내 들고 지금 상황을 상무에게 보고했다. 무슨 정신에서 그렇게 했는지 모르겠다.

2주간 병원 신세를 지게 되었다. 혹시 모를 후유증과 타박상 치료를 위해 입원했다. 아이 둘을 낳았을 때 출산휴가를 받은 이후 처음 갖는 2주간의 휴식은 십 년 만에 찾아온 꿈과 같았다. 종일 아들과 함께 보내는 시간이 아이들한테는 낯설었나 보다. 당시 둘째 아이는 초등학교 3학년이었다. 친정엄마는 늘 둘째한테 신경 좀 더 쓰고 많이 사랑해주라는 충고했지만 그리 대수롭지 않게 여겼다. 한 귀로 듣고 한 귀로 흘렸다.

교통사고를 당하고 나서 며칠간은 물리치료를 받아야 했다. 그러던 어느 날 병원에 갔다 집으로 돌아오니 아들이 베란다 창가에서 가방을 둘러멘 채 말을 걸어왔다.

"엄마! 나 자살하고 싶어. 엄마 나 죽고 싶어. 엄마! 나 차라리 나쁜 짓이라도 해서 감옥에 가서 살고 싶어."

그런 말을 하면서 아이가 베란다에 끝에 서 있는 게 아닌가. 순간 아무 말도 할 수 없었다. 둘째를 끌어안고 엉엉 소리 내어 울었다. 눈물 콧물이 뒤범벅되어 아들을 엄마의 눈으로 바라보기 시작했다. 남편과 상의해서 서울대병원 소아정신과에 갔다. 우리 세 사람은 쉰 장이 넘는 설문 조사지를 작성하고 둘째는 또 다른 검사도 받았다. 심리상담사도 만났다.

아이가 갑작스럽게 이런 말을 할 리가 없지 않은가. 처음으로 엄마와 시간을 보내고 있었는데 누가 봐도 이상하고 비정상이었다. 2주 후 검사 결과지가 나오기까지 시험 결과 기다리듯 떨었다. 아무 일도 없을 거야 하면서 마음을 다잡고 아이 손을 꼭 잡고 병원으로 갔다. 아이도 뭔가 이상한 기류를 느끼는 듯했다.

의사 선생님의 충격적인 말은 평생 잊을 수가 없을 것이다. 아이는 조울증과 우울증을 앓고 있었고 ADHD 증세도 있었다.

"엄마 나이는 한 살입니다. 아이는 열 살로 컸는데 엄마는 그대로예요. 엄마 아빠의 절대적 사랑이 필요합니다. 아이큐가 상당히 높아요. 잘 키워야 할 거 같습니다. 잘못되면 똑똑한 범죄자가 될 수 있어요."

아이는 얼마나 아팠을까. 자신은 커 가는데 엄마는 아무 역할도 하지 못하고 제자리걸음만 하고 있었으니 말이다. 엄마의 사랑을 모르고 있던 아이한테 갑자기 엄마가 나타난 것이었다. 아무 준비도, 능력도 없이 '엄마 자격증'을 소지하고 있었다. 선생님은 이성적으로 말해주었지만 밀려오는 죄책감과 미안함으로 어찌할 바를 몰랐다.

가슴이 철렁 내려앉고, 숨을 쉴 수 없을 만큼 심장박동 소리가 쿵쾅거리다, 한없이 눈물만 나다가……. 이성을 찾으려고 애를 썼다. 아이한테 울고 있는 엄마의 모습을 보이지 않으려고 이를 악물었다. 선택의 순간이 다가왔다. 더는 미룰 수 없는 결단을 내려야 했다. 신입 사원으로 입사해서 18년째 근무했고 부사장까지 하고 싶다는 목표가 있었다. 일을 가정만큼이나 사랑했다.

'워커홀릭'으로 불렸다. 머리는 목표를 놓지 못하고 가슴은 아이와의 감정을 저울질하며 무게중심을 이리저리 옮기고 있었다. 아이 때문이라지만 내 불투명한 미래에 대한 두려움이 있었다. 쉽지 않은 결단이었다. 회사를 위해 아이를 놔버린 것처럼 이젠 아이를 위해 회사를 놓아야 했다. 결단을 내려야 또 다른 선택지가 주어진다고 믿었다. 평생 후회하지 않을 결정이고 분명 내게 또 다른 길이 있음을 믿고 싶었다. 퇴사를 결심했고 사표를 냈다.

퇴사하고 아이들과 남편 그리고 친정 부모까지 함께 가족여행을 갔다. 해외 출장은 자주 다녔어도 가족이 다 함께 가는 해외여행은 처음이었다. 그 당시 우리나라는 메르스 때문에 진통을 겪고 있었다. 지금이야 코로나19로 마스크가 익숙해도 당시 사람들은 무서워서 밖에도 못 나가고 학교는 휴교령이 내려졌고 길에는 마스크를 쓴 몇몇 사람뿐이었다.

휴교령 기간에 잠시 깜짝 여행을 갈 수 있었다. 공항은 텅텅 비어 있었고 우리 가족은 말레이시아 코타키나발루로 향했다. 수영하고 자고 먹고 또 수영하고 자고 먹고 웃고 떠들었다. 온 가족이 함께 여유를 즐기는 행복감은 이루 말로 표현할 수 없었다. 함께 보내는 시간을 가슴과 머릿속에 담고 또 담았다. 그 이후로 나는 한 해에 한 번 이상 가족여행을 가기로 새로운 목표를 세웠다.

아이도 조금씩 달라지는 모습을 보였다. 선생님도 빠르게 회복돼간다며 나와 아들을 칭찬했다. 이제야 엄마가 한 살 두 살 나이를 먹어간다며 엄마 자격증을 인정해줬다. 여섯 달 정도 지나면서 아이는 더는 약물을 복용하지 않았다. 일 년이 지나서는 심리상담도 차츰 줄였고 지금은 모든 것이 정상으로 돌아왔다.

그렇게 시간을 보내던 중 아이가 4학년 때 블로그를 통해 '부모 자녀 리더십 세미나'를 알게 되었다. 아이들과 부모들을 위한 교육 프로그램이었다. 아이와 함께 한 달에 한 번씩 꾸준히 참여했다. 진행자이자 주최자인 김형환 교수는 둘째 아들을 예뻐했고 아들 역시 대왕 멘토님이라며 잘 따랐다. 그 이후 독서 모임에도 아이와 동행했다.

초등학교 4학년 꼬마가 성인 독서 모임에 끼어 책 이야기를 나눴다. 제법 질문도 잘하고 발표도 잘했다. 아이의 독서 이해력과 언어 능력에 대한 새로운 발견이었다. 특히 자존감 회복을 위해서는 효과적인 특효약이었다. 그 아이가 중학교 삼학년 사춘기에 접어들었다. 지금은 '봄들애인문학교육연구소'에서 매주 '하부르타' 독서 활동을 하고 있다. 가끔 시간이 되면 내가 데려다주는데 둘째 아들과 데이트하는 시간이다.

이제는 아빠 키를 따라잡는다고 키재기하고 있다. 형 운동화를 신겠다며 까불고 있다. 미소가 절로 난다. 내 선택과 결단이 옳았다. 더는 아이의 아픈 과거는 없으며 아들과 친구가 되어 행복하다. 퇴사를 포기했던 내가 직장인을 포기했다. 전문 직업인으로, 두 아들의 엄마로, 아내로 살고 있다. 옳은 판단이라 확신하고 내 인생 두 번째 성장기를 맞이하고 있다.

모든 호칭에는 그에 맞는 역할이 있다. 엄마라는 호칭이 따라올 때는 엄마의 역할이 있고 아내라는 호칭은 아내라는 역할이 있기 마련이다. 호칭은 역할에 대한 책임과 의무를 포함한다. 나는 그 사실을 너무 늦게 깨달았다. 나이가 든다는 것과 성숙해지는 것은 단연코 같지 않다.

나이 드는 것은 아무나 할 수 있는 일로 싫어도 어쩔 수 없이 자연스레 다가오는 미래다. 나이를 먹는 것은 특별한 재능이나 능력이 필요 없는 새해 첫날이면 경험하는 현상이다. 하지만 성숙해지는 것은 다르다. 어른스러워지는 것이다. 그렇다면 어른이라는 호칭이 가지고 있는 역할은 무엇일까. 책임과 의무는 무엇인가. 어른은 예상하고 준비해야 하는 책임이 있다. 과거를 돌이켜 새로운 것이 익숙해지도록 만들어야 하는 의무가 있다. 그 책임과 역할이 내 것이 되었을 때 몸에 맞는 옷이 되고 비로소 성숙이라는 옷을 입게 된다.

내 삶의 원칙을 만들다

내 사명은 없었다. 내 사명은 회사 안에 있었고 내 비전도 회사와 닮은꼴을 하고 있었다. 곧 회사 비전이 내 비전이고 회사 사명이 내 사명이라 생각하며 직장 생활을 했다. 그것을 당연하다고 믿었다. 막상 독립하고 보니 자신의 정체성을 돌아봐야 하는 시간이 필요했다. 무엇을 위해 존재해야 하는지 고민했다. 진정한 홀로서기를 해야 하는데 마음의 준비가 안 돼 있었다.

내가 가장 잘하는 일이 무엇이고 내가 지닌 강점이 무엇인지, 내 핵심 가치는 무엇인지를 찾아야 했다. 내 본질을 찾고 내가 무슨 일을 할 수 있는지 깊이 생각해봤다. 스무 해 넘게 앞뒤 좌우 보지 않고 한 우물만 팠다. 한때는 우물 안의 개구리로 살아가는 것이 두려웠다. 그러나 지금은 네일 전문가이자 네일비즈멘토로 불린다. 그 별칭에 한 점 부끄러움은 없는지 진지하게 숙고했다.

사업을 시작하면서 더더욱 책임질 일이 많아지고 있다. 내가 나로 바로 서는 일이 가장 중요하다고 느꼈다. 김형환 교수의 '1인 기업'에서 그런 수업을 했다. 내 정체성이자 내 사명을 찾는 일이었다. 지금까지 남들 앞에서 내 핵심 가치나 사명을 이야기하거나 비전에 대해 말해본 적이 단 한 번도 없었다. 아니 더 솔직하게 말하면 사명은 유명인 혹은 대기업 대표들이 가지고 있는 경영이념이라고 생각했다. '나'라는 사람에 대해 사뭇 진지해졌다. 내가 나를 뚫어질 듯 들여다보며 자신을 해부하고 있었다.

내 사명을 기록하게 된 계기가 있었다. 2017년 3월 네일숍 원장들을 대상으로 '네일숍 경영 프로그램'을 강의했다. 과거 전국세미나를 해본 경험이 있어 낯설거나 어려운 일은 아니었다. 그때는 회사라는 뒷배경이 있었지만, 이제는 혼자서 감당해야 했다. 첫 시작 강의를 열과 성을 다해 준비했다. 강의가 시작되고 시간이 지날수록 신들린 사람처럼 나의 경험과 노하우를 쏟아냈다.

그들의 눈빛을 보면 알 수 있었다. 나를 공감하고 경청하는 모습이 느껴졌다. 두 시간 동안 목이 터져라, 눈알이 튀어나올 듯 열강했다. 성공이다! 내 첫 강의를 듣고 많은 원장이 교육 프로그램을 수강 신청했는데 참석 인원의 70퍼센트가 넘었다. 겨우 두 시간 강의로 신뢰를 주기에는 부족했을 텐데 어리둥절했다. 얼마 후 알게 되었지만 그들은 목말라 있었고 갈증을 느끼고 있었다.

지금까지 네일 분야에서 '경영교육 프로그램'을 운영해오는 사람이 아무도 없었다. 처음 시작한 내가 유일무이했다. NSS(네일

석세스시스템) 1기는 이렇게 시작되었다. 지금은 다양한 교육 프로그램으로 업그레이드하고 있다. 그들이 필요로 하는 수업을 만들고 강의하는 과정에서 나의 사명을 찾게 되었다. 그들의 눈동자를 보면서, 그들의 질문 속에서, 그들의 변화 속에서 나의 사명은 이렇게 만들어졌다.

"네일 기술을 가진 네일리스트들에게 지식기술과 경험, 열정을 바탕으로, 지식기술경영자로 성장할 수 있도록 돕고, 네일 산업의 인적 성장과 가치를 높이기 위해 존재한다."

지금의 나는 이러한 사명을 마음에 새기며 일하고 있다. 사명처럼 살기 위해 더욱 노력하고 있다.

많은 사람이 국가자격증을 취득하면 네일리스트가 되는 줄 알고 네일리스트를 네일 아트를 하는 사람으로 생각한다. 나는 경험을 통해 기술장이로만 사업을 할 수 없다는 것을 깨달았다. 열 평가량의 네일숍을 해도, 다섯 평짜리 1인숍 사장이라 하더라도 경영자 정신이 필요하다는 것을 알아야 한다.

이론적인 지식을 바탕으로 하는 기술이 있어야 한다. 기술과 지식을 겸비한 프로페셔널 네일리스트로 인정받는 사람들이 많아져야 한다. 네일 아트만 잘하는 것은 반쪽짜리 기술자일 수 있다. 지식기술을 겸비한 경영 정신이 있어야 한다고 생각했다. 한 가지 더 덧붙인다면 네일리스트로 인적 성장과 스스로 가치를 높일 수 있어야 한다.

　많은 원장과 그들의 직원을 만나면서 나의 '일과 사명'이 더욱 선명해졌다. 사회 초년생으로 네일을 처음 접하는 친구들을 만나거나 네일 미용으로 대학 전공을 하는 학생들을 만나면 강조한다. 국가자격증을 취득하자마자 창업을 준비하는 예비 창업자를 상담하면 지식기술경영자가 되어야 한다며 어느새 계몽가가 되곤 한다. 내 사명을 내 인생의 반석이라고 생각하고 지금도 나 자신을 다지고 있다.

　심상범 마술사는 꿈으로 현실을 뛰어넘게 만드는 동기부여 강연자이자 마술사다. 그는 자신의 핵심 가치를 공식으로 만들었다. 알고보니 그가 주최하는 자선 기부 행사나 어린이를 위한 마술학교 등이 그 핵심 가치 안에 있었다. 나도 핵심 가치를 공식으로 만들었다. 그 공식은 나의 본질적인 삶의 원칙이 되었다. 내 핵심 가치는 지식, 기술, 열정, 경험, 이 네 가지다.

　지식은 지금까지 배우고 익혀온 모든 이론을 바탕으로 한 네일 미용 지식뿐 아니라 경영 지식을 말한다. 기술은 네일 기술뿐 아니라 고객 관리 기술, 직원 관리 기술, 매장 운영관리, 마케팅 등의 총체적 기술을 말하며, 열정은 용감하고 무식한 열정의 소유자임을 말한다. 내 가장 큰 강점인 '성실'이 주는 과정이기도 하다. 마지막으로 경험은 지금까지 현장과 조직, 해외에서 이룩한 많은 경험, 돈 주고 살 수 없는 소중한 경험을 말한다.

이 네 가지 핵심 가치를 모든 네일인과 공유하며 나누려고 한다. 그리고 '기버'로 살기로 했다. 조금 손해를 보더라도 나누는 삶을 살면 그것이 다시 나에게 돌아온다는 사실을 깨달았다. 함께 나누고 함께 성장하는 삶을 살고 싶다.

삶의 원칙은 살아가는 동안 중요한 버팀목이 될 것이다. 내가 정한 원칙대로 살면 단순하게 살 수 있다. 어떻게 보면 통제와 제약으로 보일 수도 있겠지만 문제가 생기거나, 판단이 흐려질 때 이 공식을 적용하고 집중하면서 답을 찾아내야 한다. 내 삶의 선택 앞에서 '네, 아니요'라 대답하며 균형을 맞춰야 한다. 내가 선택의 기로에 서 있을 때 나아가야 할 방향을 제시할 것이며 내 인생의 길을 알려주는 내비게이션이 될 것이다.

똥고집으로 지킨 내 직업이 사라진다고?

직업이란 무엇일까? 사전적 의미로는 생계를 유지하기 위해 자신의 적성과 능력에 따라 일정 기간 계속해서 종사하는 일을 말한다. 앞서 언급했듯이 나는 평생직장과 평생직업의 기로에 있었던 적이 있었다. 평생직장이든 평생직업이든 결국은 내가 해야 하는 '평생의 일'이다. 나는 일의 종류를 세 가지로 나눈다.

첫째는 하기 싫어도 해야만 하는 일, 둘째는 하다 보면 할 수 있는 일, 셋째는 최종적으로 내가 하고 싶은 일이다. 좋아하는 일을 하거나 잘하는 일을 해서 돈도 번다면 얼마나 좋겠는가. 게다가 사회에 가치 있는 일로 보람까지 느낄 수 있는 일이라면 마다할 리 없다. 하지만 어떤 사람들은 하고 싶은 일을 하면서도 그에 상응하는 보수나 명예를 얻지 못하는 경우가 있다.

반대로 돈은 잘 벌지만 이롭지 못한 일을 억지로 해야만 하는 사람들도 있다. 한편 먹고사는 생계 때문에 특별히 잘하지도 못하고 좋아하는 일도 아니고 돈도 안 되는 일을 해야만 하는 이들도 있다. 내가 그랬을까? 사실 썩 좋아하는 일도 아니었고 당시는 돈이 되는 일도 아니었다. 나 혼자만의 믿음이었다. 이 일은 평생직업으로 할 수 있겠다 싶은 나만의 똥고집이었다. 그 똥고집 덕분에 지금까지 이 분야에서 여러 일을 확장해가며 하고 있다.

지금이야 뷰티 분야 종사자도 많고 대우도 예전보다 많이 좋아지면서 산업도 확장되고 있다. 나 역시 경기도가 운영하는 '경기 꿈의대학'에서 고등학생들을 대상으로 학교 밖 수업 프로그램을 운영하고 있다. 수원여대에서 고등학생을 대상으로 10회에 걸쳐 네일 아트 수업을 진행했던 경험이 있다. 미리 직업을 체험해보고 진로를 정하는 프로그램으로 약 열 명의 학생들과 함께했다. 미용대학의 경우는 거의 진로를 정하고 오는 학생들이 많다. 학생들한테도 인기 있는 산업 분야가 틀림없다.

혁신고등학교에서 뷰티학과의 경쟁률이 상당히 높은 걸 보면 알 수 있다. 교육부 주관으로 실시한 '2020 초중고 진로교육 현장조사'에서 이런 결과가 나왔다. 초등생부터 고등학생을 대상으로 희망 직업을 20위까지 조사한 결과다. 20위 안에 초중고 모두 뷰티 디자이너의 꿈을 가지고 있는 친구들이 많았다. 아직도 의사, 과학자, 법률가, 공무원 등이 상위 순위를 차지하고 있지만 뷰티 전문가, 게이머, 유튜버, 영상 크리에이션, 연예인 등 다양한 직업도 순위에 들어가 있었다. 이들은 이 직업을 무슨 기준으로 선택하는 것일까.

대학에서 강의할 때 학생들한테 이런 질문을 한 적이 있다. 소개팅에 나갔다고 가정해보자. 소개팅은 블라인드 미팅으로 사전에 알고 있는 정보는 그의 직업과 그의 목소리가 전부다. 첫 번째 남자는 의사, 두 번째 남자는 변호사, 세 번째 남자는 의상 디자이너, 마지막 남자는 미용인이다. 누구와 데이트하고 싶은지 물었다. 가장 많이 선호하는 직업이 의상 디자이너와 변호사, 의사, 미용인 순으로 나타났다.

다른 그룹에서도 이와 같은 질문을 하면 대부분 비슷한 결과가 나왔다. 비슷한 결과라기보다는 데이트 상대로 미용인을 선택하는 학생은 극소수에 불과했다. 많은 사람이 직업을 판단할 때 경제적 수입과 사회적 위치로 판단한다. 직업에 귀천이 없다고 하지만 인식은 꽤 다르다. 직업의 가치를 수입이나 사회에서 인정받는 정도를 잣대로 매긴다. 학생들도 대부분 이렇게 대답했다.

"굳이 뭐 같은 일을 할 필요가 있나요? 다른 직업은 돈을 더 많이 벌 수 있을 거 같아서요."

답변 중 의사나 변호사는 거의 비슷한 비중을 차지했다. 돈을 많이 벌고 사회적으로 명예가 있어서 자신까지 지위가 올라간다고 생각했다고 말한다. 그렇다면 네일리스트와 미용인은 어떨까. 학생들은 같은 일을 해서 서로 공감할 수 있을 것 같다고 대답했다.

직업은 그 사람의 사회적 정체성을 말해주기도 한다.

　　일이란, 우리는 사회적 주체성을 확립해가는 과정일 것이다. 그래서 무슨 일을 하느냐는 '나'를 알릴 수 있는 가장 손쉬운 방법이기도 하다. 자신이 좋아하는 직업을 가지고 일하는 사람이 얼마나 될까? 문득 미대를 졸업하고 미술학원을 운영하다 네일 아트로 전향한 직원이 떠오른다. 4개 국어를 하면서도 네일 아트가 좋다며 수습 기간을 마치고 적응해가는 직원도 있다. 자신의 사업을 하다 마지막 꿈을 찾았다며 네일 아트를 하고 있는 직원도 더러 있다. 이들은 자신이 사랑하는 일을 찾아 재도전했다. 언제 어떤 현실에 맞닥뜨릴지 몰라도 항상 응원한다. 그들이 찾은 꿈을 잘 펼칠 수 있도록 돕고 싶다.

　　다만 직업은 개인의 취향이나 능력 그리고 벌이에 따라 직업군의 사회적 지위까지 달라지는 것을 볼 수 있다. 명예와 함께 고액의 수입을 선택할 것이냐, 아니면 사랑하는 일을 선택할 것이냐? 나는 학생들한테 항상 강조했다. 사랑하는 일을 하면서 안정된 수입과 명예를 동시에 보장받는다면 분명 그에 따르는 희생이나 고통을 감수해야 한다. 인내 혹은 노력, 열정이라는 수식어가 항상 따라붙어야 할 것이다. 우리에게 일은 삶의 도구이자 일부다. 더 확실하게 말하면 일과 삶은 하나다.

　　네일아티스트라는 직업은 뷰티 산업과 K-뷰티로 괄목할 만한 성장을 이뤄냈고 앞으로도 상당한 성장 가능성을 보인다. 그러나 아쉽게도 미래와 관련한 책을 보면 미래에 없어질 직업 10위 안에

든다. 어떤 책은 5년 안에 사라지는 직업으로, 어떤 책은 10년 안에 사라지는 직업으로 소개하고 있다.

모든 책에서는 네일 아트를 기계가 대체할 수 있는 영역으로 규정했다. 평생직업으로 살아남을 수 없다고 했다. 나는 현재 네일 업계에서 20년 넘게 종사하고 했다. 정확히 말하면 22년째지만 앞으로 20년 이상을 더 바라보고 있으며 2년 전에는 '반디인하우스' 브랜드를 출시했다.

그렇다면 네일아티스트라는 직업이 사라질 거라는 주장을 나는 어떻게 바라봐야 할까. 아니면 어떻게 대처해야 할까.

첫째, 핵심 기술을 개발해야 한다. 스스로 최고로 잘할 수 있는 핵심 기술을 개발해야 한다. 그 분야에서만큼은 둘째가라면 서러울 정도로 연습하고 개발해서 나만의 특화된 기술이 있어야 한다. 나와 함께하는 양지연 이사는 '라인아트의 신'으로 불린다. 큐릭스 아카데미 권해솜 톱마스터는 '발박사'로 불린다. 이런 별명이 따라다니는 데는 그 분야에서 명장과 같은 실력이 있기 때문이다. 나만의 핵심 기술이 있다면 AI도 두렵지 않을 것이다.

둘째, 인풋하고 아웃풋해야 한다. 배우는 데 시간과 열정, 경제적 비용을 아끼지 마라. 아는 것이 힘이라는 사실을 명심하라. 나는 경제적 비용을 투자해 배운 기술이 한둘이 아니다. 누가 뭘 배우면 트렌드인 마냥 따라다니며 배웠다. 일본 자격증을 취득하기 위해 일본에 가서 배운 적도 있다. 다행히 그때 배운 것을 활용해 반디인하우스만의 특별한 '워터 케어'로 차별화했다. 내 것으로 활용하고 적용해서 그 이상을 창조해야 한다. 인풋을 하면 반드시 어떻게 아웃풋을 할 것인지 철저하게 설계해야 한다. 명확한 설계도는 AI보다 위태롭지 않을 것이다.

셋째, 사고를 확장해야 한다. 반드시 네일아티스트가 아니어도 된다. 후배는 네일 아트를 배우고 제조회사에서 품질관리 업무를 하고 있으며 직영점에서 일하던 유미 매니저는 반디 상품기획팀에서 제품 개발을 담당하고 있다. 내가 가르쳤던 학생은 뷰티 잡지사에서 뷰티 에디터로 일하고 있으며 예전에 함께 중국 출장을 갔던 명동점 팀장은 유통 회사의 대표로 일하고 있다. 나의 강점을 자세히 들여다보고 업계에서 공감할 수 있는 열린 사고를 펼쳐보여야 한다. 공감의 영역이 확장될수록 AI는 불안하거나, 위협적인 대상이 아닐 것이다.

내 일, 내 직업의 가치로 무엇을 할 수 있는지 따져보는 것이 훨씬 더 중요하다. 나는 AI 때문에 우리의 직업이 사라질 거라는 가설은 받아들이지 않는다. 누구나 그렇겠지만 나 역시 이 직업에 자긍심을 갖고 일하고 있다. 누가 뭐래도 내 직업은 가치 있는 일이 분명하다. 내가 이 일을 계속하는 한 이 일이 없어지는 일은 없을 것이다.

80 평생 손톱 병신과 행복한 친구 먹기

4년 전 금요일 저녁때쯤 막 퇴근하려는데 할머니가 들어오시더니 다짜고짜 손톱에 색깔을 발라 달라고 했다. 할머니는 생떼를 쓰시듯 무조건 아무거나 발라 달라고 한다. 그러더니 진빨강색을 골랐다. 친구들과 주말에 여행을 간다고 했다. 그런데 손톱이 모두 검은색으로 물들어 있었다. 친구들과 여행을 가기 위해 집에서 손수 머리를 염색한 것이었다. 장갑도 끼지 않고 염색했으니 염색약이 손톱 사이에 끼어 있는 건 당연했다.

집에서 온갖 세제로 박박 씻어봐도 지워지지 않자 우리 숍을 찾아온 것이다. 손톱을 보니 왼쪽 가운데 중지 손톱이 아예 없었다. 어렸을 때 재봉틀에 손이 들어가 손톱이 잘려 나갔다고 했다. 그 후로 할머니는 병신 손톱으로 살았다고 했다. 할머니의 자초지종을 듣고 나서 내가 대뜸 물었다.

"할머니, 손톱 성형하실래요? 가짜 손톱을 만들어드릴 수 있어요. 색깔을 바르면 진짜 손톱처럼 보여요."

나의 말에 할머니는 어떻게 하는지, 가격은 얼마인지, 시간은 얼마나 걸리는지 묻지도 따지지도 않았다. 어떤 것도 개의치 않고 덮어놓고 해달라고 했다.

"어, 해줘, 해봐! 진짜로? 나 해줘. 난 이게 정말 싫어. 나 그럼 손톱 병신처럼 안 보이잖아!"

할머니는 나를 맹신했고 구세주처럼 바라보며 여든이 넘도록 손톱 병신으로 살아온 한을 풀어달라고 했다. 나는 없어진 손톱을 예쁘게 가짜 손톱으로 둔갑하는 마술을 부렸다. 할머니는 세상 모든 것을 얻은 것처럼 기뻐하셨다. 할머니는 마치 여덟 살 꼬마 아이가 엄마가 처음 발라준 매니큐어를 보고 뛸 듯이 좋아하는 것처럼 보였다.

"손톱 미용사 양반! 아니 손톱 의사 선생! 평생 내가 선생한테 코 끼였네. 정말 고마워요. 또 올게."

그러고 나서 2주 후 할머니는 예약 문자를 보내드린 연락처로 장문의 감사 글을 보내왔다. 평생 잊지 못할 만큼 감동적인 할머니의 문자를 날것 그대로 옮겨본다.

〈 가운데 내 아픈 손가락. 〉

그 아픈 손가락을 내가 몇 살 때 보고 부끄럽고 화가 났는지

모르겠습니다.

나는 왼손 가운데 손가락을 언제나 병신 손가락이라 했습니다.

왼손에 반지는 끼지 않았습니다.

병신 손가락이 보일까봐.

그래서 나는 반지가 별로 없습니다.

나는 그 손가락을 미워했습니다.

누가 손이 곱다며 내 손을 보면 얼른 감춰버렸습니다.

가운데 아픈 손가락아.

병신이라고 해서 미안하다 용서해다오.

너의 고마움 모르고 억울하게 했다. 용서해다오.

내가 여태껏 내 몸의 일부인 내 손가락도 내 마음에 들지 않는다고

완전히 무시하며 살았습니다.

그 손가락도 서럽고 화가 나서

내게서 도망가고 싶어도 손에 붙어 있어 떠나지도 못한 걸 알았습니다.

죽어야 끝나는 일이지.

내 마음이 너의 마음이고 너 마음이 내 마음이었구나.

말 못 하고 너도 그렇게 속으로 곪고 아팠구나.

너 없으면 나도 없는 걸.

그 손가락이 아프면 내 몸 전체도 아픈 걸 왜 이제 서야 알았지?

죽기 전에 알아서 감사합니다.

이 못된 내가 이렇게 사는 것도 기적이고 감사하구나.

이 도리를 알라고 살면서 그렇게 많이 억울하고 아팠구나.

알겠습니다. 죄송합니다.

하늘은 이렇게 사랑으로 날 키우시는군요.

정신이 번쩍 든다.

새봄이 왔다. 이제부터 힘내자. 새 생명의 기운 받자.

나는 너무 좋다. 너도 좋지?

자고 나면 제일 먼저 너를 보고 웃는다.

철철이 예쁜 색으로 단장하자.

첫째 꼭 맞는 반지 하나 이쁜 것 끼워줄게.

고마워 미안해 사랑해.

아니야. 지금이 최적기야.

지금이 너 남은 일생 중 제일 젊고 아름다울 때야.

죽기 전에 아픈 손톱 너 덕분으로 모르고 지나간

많은 잘못 반성하게 되어 고맙고 다행이다.

조심조심 잘 살펴서 인생 마무리 잘하도록 노력할게.

남 억울하지 않게, 남 안 아프게 살도록 노력할게.

멋있는 너의 본모습으로 갓 태어난 손톱아!

세상이, 많은 사람이 자랑스러운 너를, 내 손톱을 많이 봐야 할 텐데.

반짝이는 이 손으로 빛나는 일도 같이하자 응?

- 80 평생을 손톱 병신으로 살다 행복 찾은 강지화 -

A4 용지로 약 세 장은 족히 되는 글을 보내왔다. 손톱이 잘려 나간 일부터 창피하게 살아온 에피소드 그리고 창피하게 생각한 걸 후회하는 내용까지 나와 직원들은 눈물을 훌쩍거리며 읽었다. 오랫동안 일을 했어도 이런 선물은 처음이었다. 내가 하는 일에 큰 보람을 느꼈다. 강지화 할머니는 평생 고객이자 나와 평생 친구가 되었다.

할머니는 매장을 방문하면 나에게 요리하는 법을 알려주기도 하고 아이들과 소통하는 법을 가르쳐주기도 했다. 마치 큰딸처럼. 아직도 그녀와 전화 통화로 안부를 나누고 있다. 지금은 강지화 할머니의 건강한 목소리만 들어도 힘을 받는다. 여든이 넘은 친구로부터.

솔직히 그때까지 손톱 하나 붙여주는 일이 이렇게 의미 있고 가치 있다고는 생각해본 적이 없었다. 나뿐 아니라 직원들 역시 매일 같은 업무의 반복이고 고객들 역시 비용 지급에 대한 당연한 대가로만 여긴다고 생각했다.

그날 이후 고객들 반응이 달리 보였다. '만족하는구나. 좋아하는구나'를 넘어 고객이 행복해한다는 걸 느낄 수 있었다. 네일 아트를 하면서 누구는 인생의 즐거움을 찾았다고 했고 누구는 힐링이 된다고 했고 누구는 가슴까지 시원해진다고 했다. 모두 각기 다르게 표현하지만 한마디로 그들은 행복을 말하고 있었다. 나는 행복을 만들어주는 일을 하고 있었다.

그런 기쁨을 알고 나서 내 직업이 얼마나 매력적이고 가치 있고 의미 있는지 깨달았다. 이 일에 대한 자부심이 생기고 자존감이 올라갔다. 나는 가치 있는 일을 하고 있었다. 나는 오늘도 이 말을 가슴에 깊이 새겨본다.

'귀한 뜻을 품으면 사람이 행복해집니다.'

오지랖 덕분이다

여섯 해 전 이른 봄, 쌀쌀한 밤기운이 돌았다. 프랜차이즈 네일 숍 정기 교육 의뢰가 들어왔다. '마녀손톱'이라는 브랜드로 가맹점 다섯 곳을 운영하는 본점 원장이자 가맹본부 대표였다. 당시 나는 기업뿐만 아니라 대학에서도 강의하고 있었다. 강의가 끝나고 밤 아홉 시에 그녀를 만났다. 커피 한 잔을 놓고 새벽 두 시 반까지 사건을 담당하는 변호사처럼 질문하고 받아 적기를 반복했다. 그녀는 시스템을 만들고 싶은 간절함이 있었다.

첫 만남이지만 나만의 노하우를 알려주고 싶었다. 그녀가 필요로 하는 것을 가르쳐줄 수 있을 것 같았다. 내 처지에서도 교육 콘텐츠를 확장하는 좋은 기회였다. 나도 성격이 매우 급했지만, 그녀 역시 만만치 않았다. 우리는 둘 다 행동파임을 나중에 알게 되었다. 며칠 후 나는 스무여 명의 마녀손톱 매장 근무자 전원을 대상으로 교육했는데 그때 그녀는 내게 새로운 제안을 했다.

"대표님, 경영 세미나를 한 번만 해주세요. 저 같은 원장이 많을 거예요. 오늘 했던 강의와 같은 주제로 한 번만 더 부탁드려요."

그때 인연으로 그녀는 지금까지 나와 동행하는 평생 동지가되었다. 바로 양지연 이사다. 그리고 그녀와 함께 네일경영세미나 NSS(Nail Success System)가 시작되었다. 첫 강의를 시작하는 날, 쉰여 명의 원장이 양 이사가 운영하는 A1 네일학원에 모였다. 매장에서 일어나는 성공 사례를 바탕으로 이해도를 높였다. 혹시나 하는 마음으로 강의가 끝날 무렵 네일 경영 열두 과목의 교육프로그램에 관해 설명했다.

단타 강사 내지는 단타 강의로 끝내고 싶지 않았다. 학습과 토론을 반복하며 현장 사례를 중심으로 콘텐츠를 구성했고 경험해봤기 때문에 원장들의 마음을 읽을 수 있었다. 충분히 공감하는 부분에서는 서로 맞장구를 치며 고개를 끄덕였다. 내 눈빛에서 열정이느껴졌는지 37명이 수강 신청했다. 1기 기본 과정을 수료할 즈음심화 과정을 개설했다. 7년째 원장들과의 관계를 유지하고 있다.

덕분에 많은 원장과 인연이 되었다. 주변과 함께 나누기 위해공부했지만 결국 나를 위한 공부이기도 했다. 원장들은 휴무를 포기하고 공부하는 즐거움이 만끽한다고 했다. 원장들과 소중한 시간은 단지 경영 세미나 강사와 수강생 이상의 가치를 지니고 있었다.

그즈음 나는 연합나비 독서 모임을 만났다. 매주 일요일에 열리는 독서 모임에 참석해 일주일 동안 살아갈 양분을 얻는다. 매달 두 권의 지정 도서를 모두 읽었는데 그때부터 나의 독서 목표인 매년 오십 권 읽기를 달성하고 있다. 책을 닮아가고 싶다는 막연한 희망이랄까, 지혜를 얻고 공감을 배우는 시간이었다.

독서 모임을 통해 듣고 말하는 생각 정리 기술이 확장되는 경험을 했다. 나의 경험을 나누고 싶은 마음으로 원장들과 독서클럽을 시작했고 이 독서클럽을 운영하기 위해 '하부르타' 5주 과정의 수업을 받았다. '스키마 독서법'과 '크랩 독서법', '본깨적' 등의 독서법을 공부했다. 이처럼 배워서 남 주는 시간으로 채워지는 보람은 나를 성장시키고 있다.

책과 친하지 않은 원장들을 책 속으로 끌어들여 저자와 만나게 했으며 작가들과 토론하는 기회를 만들기도 했는데 처음에는 결코 쉬운 일이 아니었다. 하지만 시간과 노력이 더해지면서 정기적인 모임으로 구축해갔다. 배우는 것과 독서의 즐거움을 알아가기 시작한 원장들이 늘어났고 마케팅, 인간관계 등과 관련한 책을 읽으면서 비즈니스 정신을 확장할 수 있었다.

독서 클럽이 무르익을 무렵 고수 시리즈의 한근태 박사를 초빙해 여섯 차례에 걸쳐 심화 독서 토론도 진행했다. 각자 책의 내용을 적용할 수 있는 지점을 찾아 발표하고 토론하면서 ≪고수의 학습법≫에서 말하는 고수들이 돼갔다. 마지막 날은 책 걸이 모임도 했다. 기술하는 원장에서 책 읽는 원장, 토론하는 원장에서 나아가 책 읽기에서 글쓰기까지 확장한 원장도 있었다.

책을 출간한 원장도 두 명 생겼으니 작가들을 배출한 셈이다. 지금도 가맹점주들과 독서 경영을 하고 있다. 경영 필독서를 읽으면서 점주들의 생각을 들을 수 있었고 이런 나의 오지랖 덕분에 아직도 감사 인사를 받고 있다.

그동안 오지랖이 넓긴 넓었다. 경영 토크쇼인 '네일공감쇼'를 1부, 2부로 나누어 진행한 것만 봐도 그렇다. 1부는 NSS를 수료한 원장 가운데 수업에서 배운 사례 분석을 발표했는데 원장들 스스로 동기부여가 되었다. 다른 원장들도 무대에 오르고 싶은 욕구가 있다는 것이 느껴졌다. 아마도 신선한 자극이 된 듯싶다. 2부는 다양한 분야의 전문가 특강을 마련했는데 김형환 교수, 맹명관 박사, 박은경 박사, 이경채 작가, 양성길 작가, 박대호 대표, 홍지안 작가 등 여러분의 강의를 만들었다. 이처럼 시야를 더 넓게 확장하고 주변 사람들한테 성장과 기쁨을 줄 수 있기를 바라며 네일공감쇼는 앞으로도 계속 진행할 예정이다.

내년에는 NSS과정을 더 개선 보완시킨 프로그램으로 '뷰티프로 사관학교'를 개설할 목표를 가지고 있다. 3년간 코로나로 인해 온라인 방식으로 이루어졌던 것을 참여형 방식으로 프로그램 내용을 바꾸었다. 2022년 12월에는 1차 맛보기 강의가 함께 진행될 것으로 예상한다. 이 또한, 오지랖이지만 기대된다.

또 하나의 오지랖은 '네일전문 구인구직 뷰티잡 119'다. 많은 네일숍 원장이 하는 고민은 직원 관리로, 그러한 어려움을 나도 알고 있었다. 그런데 직원 관리에 앞서 채용이 먼저였다. 원장들이 원하는 인재상도 있을 테고, 직원을 채용하는 기준도 있을 것이다. 그런데 현실은 직원 관리에 미숙한 원장이 많았다. 이따금 원장들이 내게 묻는다.

"마땅한 직원이 없을까요?"

그러나 내가 큰 도움이 되지 못했다. 고심 끝에 네일 전문 구인구직 사이트를 만들기로 결심했는데 좋은 숍에 좋은 인재를 찾아주는 헤드헌팅 사이트인 셈이다. 이 사이트는 순수하게 원장들을 돕고 싶다는 사명으로 만든 플랫폼으로 벌써 다섯 해째 운영하고 있다.

이제는 오천 명이 넘는 회원 수를 보유한 사이트로 성장했다. 원장들에게 직원을 채용할 수 있는 통로를 만들어줬다고 생각한다. 아직은 후발 주자라 갈 길이 멀지만 뷰티잡 119 덕분에 우리 매장 직원들도 채용할 수 있었다. 나의 편의를 위해 만든 것은 아니지만 결과적으로 나와 가맹점주들이 이백 퍼센트 활용하고 있다. 뷰티잡 119는 가맹본부를 운영하는 내게 든든한 무기가 되고 있다.

2019년 11월 28일, 칼바람이 부는 겨울, 1호점 위례점을 시작으로 성대한 막이 올랐다. 코로나19와 함께 반디인하우스를 개업한 것이다. 그 당시는 누구도 이후 상황을 상상하지 못했으며 과거 경험했던 사스나 메르스 정도로 과소평가했다. 이런 상황에서 우리는 축하 나팔을 울리며 브랜드를 출시한 것이다. 이후 칼바람에 쓰러지지 않기 위해 무던히 노력했다.

하지만 무적의 팬데믹 앞에서는 우리도 어쩔 수 없이 속수무책이었다. 무대 위에서 신나게 춤추는 공연을 준비하던 직원들과 하나둘씩 헤어져야만 했다. 사업 설명회도 물거품처럼 사라지고 말았다. 언제 끝날지 모르는 어두운 터널을 벗어날 수 있기만 기다렸다. 그렇다고 마냥 한숨만 쉬면서 손 놓고 있을 수는 없었다.

내가 선택한 길이 자갈길은 아닌지 두려웠다. 하지만 천만다행이랄까. 지금까지 힘써온 독서 클럽, 네일공감쇼, 뷰티잡 119가 가맹 사업의 초석이 되어줬다. 함께 성장한 원장들이 현재 반디인하우스의 가맹점주들이다. 그간 오지랖 덕분에 함께 공부했던 원장들이 내 브랜드를 선택해주었다. 자신의 브랜드도 내려놓고 소위 말하는 '간판갈이'를 한 원장도 있었다. 게다가 네일공감쇼에서 쌓은 인연으로 저명한 인사들이 우리 '팅크땡크' 그룹의 고문으로 활동하고 있다. 뷰티잡 119는 어느새 반디인하우스 전용 사이트가 되었다. 오지랖으로 하던 활동 모든 것이 나만의 성장이나 성공을 위함은 아니었다. 그러나 함께하는 우리를 위해 했던 활동이 지금은 되돌이표로 내게로 돌아왔다.

나의 영향력은 나의 시간을 타인을 위해 얼마나 사용하느냐에 따라 결정된다. 타인을 위해 사용했던 시간이 결국 내 것이 되었다. 의도를 갖고 했던 것은 아니지만 늘 내게로 되돌아와 있었다.

프랜차이즈 상품은 그 사업 자체다

그야말로 신상품 전쟁이다. 홈쇼핑 쇼호스트의 현란한 화술이 구매를 자극한다. 뷰티 관련 박람회는 일 년에 십여 차례 열리는데 쏟아져 나오는 신상품이 소비자의 눈과 마음을 사로잡는다. 세컨드 브랜드와 서드 브랜드를 앞다투어 만든다. 가격경쟁이 치열해 가성비 좋은 제품을 소비자가 먼저 찾아낸다. 똑똑한 소비자가 많아졌다.

네일숍도 예외가 아니라서 어느 상가를 가도 흔하게 볼 수 있다. 그러다 보니 가격경쟁으로 서로를 힘들게 한다. 그런 정책이 서로를 죽이는 길임을 누구나 알고 있다. 미용실이 대형 프랜차이즈와 1인 미용실로 양분화되듯 네일숍도 이와 비슷한 성장세를 보인다. 더구나 2019년 이후 최저임금이 대폭 상승함에 따라 영세한 네일숍은 줄줄이 폐업하기도 했다. 살아남기 위해 직원 수를 줄이고 도급계약 형태를 도입하는 숍이 늘고 있다. 사업주 혼자 하는 1인 네일숍도 폭발적으로 늘고 있다는 것이 지금의 상황이다. 원장들이 임금인상으로 어려움을 겪는 것과 별개로 전반적으로 직원들의 대우와 복지가 열악해 개선이 필요한 것 또한 우리 현실이다. 그런 숍의 경우 직원들의 근무 만족도가 떨어지기 때문이다.

직원이 행복하고 만족스러워야 고객들에게 최고의 서비스를 제공한다는 걸 원장들도 알면서도 개선이 쉽지 않다. 그 이유는 아마도 성공에 대한 확신이 없어서일 거다. 직원에 대한 믿음이나 신뢰가 낮고 리더십을 배워본 경험도 거의 없기 때문이다. 원장들은 대체로 미용고등학교나 미용대학을 나온 MZ세대와 일을 한다.

취업 전선에 뛰어든 1990년대생이나 2000년대생이 대거 등장하면서 고정관념에 사로잡힌 원장들과 갈등을 일으키고 있다. 그들은 일과 삶의 균형이라는 자기 개성이 강한 1990년대생에 대한 이해의 폭이 부족하다고 할 수 있다. 기성세대가 경험했던 '형그리정신'이나 열정페이를 원하는 건 이솝우화에나 나옴 직한 이야기다. 사자와 소가 사랑에 빠져 결혼한 이야기와 같다.

사자와 소가 결혼했다. 부부가 된 사자와 소는 서로에게 최선을 다했다. 소는 매일 들판에서 싱싱한 풀을 뜯어다 사자에게 주고 사자 역시 사랑하는 소를 위해 몸을 아끼지 않고 사냥해서 맛있는 살코기만 골라 밥상에 올려놓았다. 이런 상황이 계속되자 참다못한 소와 사자는 서로 다투었다.

"먹을 수 있는 걸 줘야지!"

그들은 서로에게 최선을 다했지만 결국 헤어질 수밖에 없음을 예고한다. 원장과 직원들도 이 우화와 다르지 않다. 원장은 직원들에게 비전도 주고 교육도 하며 고가의 기술도 가르친다. 각자의 시각에서 보면 모두 당연한 일이다. 원장들은 빠르게 연습과 훈련을 요구하는 반면 직원은 일하기 위해 가르쳐주는 것을 당연하게 여긴다. 원장은 최선을 다해 가르치고 직원도 최선을 다해 배우고 일한다. 하지만 얼마 안 가 직원은 기술만 배우고 창업하고 만다. 혹은 얼마 못 가 일하던 매장 근처 숍으로 이직한다. 서로를 이해하지 못하고 원망만 하다 헤어지는 사례를 수없이 보고 들었다. 다른 곳에서 기술과 고객을 경험해보겠다며 옮겨 다닌다. 몸값을 키우기도 하지만 실질적인 경력도 못 쌓는 경우가 허다하다. 뷰티 업계의 이직률이 높은 것은 기정사실화되었다.

원장은 자신의 업무를 줄이기 위해 급여를 주고 경력자를 채용하지만 안타깝게도 위임에 의한 관리보다 포기에 의한 관리로 바뀔 때가 많다. 숙련된 직원의 기분과 변덕에 따라 숍의 흥망이 결정되는 경우를 많이 보았다. 직원의 재량에 따라 숍의 운명이 좌우되는 것이다. 사업주는 직원 문제로 골머리를 앓다 아예 포기하고 속 편하게 1인숍으로 전환하는 것이다.

나는 이런 상황을 너무나 자주 봐왔기 때문에 끊임없이 질문한다. 어떻게 하면 직원들한테 동기부여를 할 수 있을까? 어떻게 하면 직원들이 만족하며 일할 수 있을까? 그런데 요즘은 어떻게 하면 직원의 수준을 평준화시킬 것인지 고민한다. 실력이 탁월한 직원을 찾는 것도 힘들고 비숙련자를 훈련하고 교육하는 일도 힘들다.

그렇다고 두 손 놓고 이렇게 있을 수도 없다. 20년 넘게 이 일을 해왔지만 끝나지 않는 숙제다. 이제 혁신적인 시스템이 필요하다. 실력 있는 직원한테 의존하지 않는 시스템, 평범한 직원이 훌륭한 결과를 만들어낼 수 있는 체계 등 지침이 필요하다. 가장 필요하다고 생각하는 인재 개발 시스템에 대한 내 생각은 이렇다.

첫째는 모든 것은 제품부터 시작된다. 어떤 제품이냐에 따라 시간과 노력을 줄일 수 있다. 그다음이 서비스 지침이다. 어떤 메뉴를 어떤 프로세스로 서비스하느냐 따라 고객 감동의 차원이 달라진다. 마지막은 교육이라 할 수 있는데 엄격하게 말하면, 교육이 마지막이 아니라 모든 걸 통틀어 가장 우선해야 할 것이다.

따라서 교육에 에너지를 쏟아야 한다. 연습과 훈련만이 생존을 보장하는데 이를 위해서는 교육 매뉴얼이 필요하다. 일하는 과정을 누구나 쉽게 볼 수 있는 글과 도표로 만든 문서가 있어야 한다. 결론은 인재 개발 시스템 역시 매뉴얼로 만들어야 한다.

아주 오래전, 1996년, 맨해튼에 있는 맥도날드에서 잠깐 시간 근로자로 일했다. 마대에 물을 묻혀 이리저리 바닥을 청소하고 있었다. 그때 매니저가 내게 책을 건넸다. 그 매니저는 내 또래로 푸에르토리코에서 온 꽤 멋진 인상에 남는 친구였다. 그는 맥도날드 아카데미를 다니며 점장 코스를 밟는다고 했다.

맥도날드는 이 아카데미를 '햄버거대학'이라 불렀고 여기서 수업을 이수해야만 가맹점의 재량권을 받을 수 있었다. 내가 깜짝 놀랐던 이유는 그 책은 청소 매뉴얼북으로 바닥 청소는 물론 테이블과 매장 입구, 조리대 청소하는 방법까지 적혀 있었다. 청소하는 순서와 심지어 양동이 물의 양까지 자세히 설명돼 있었다. 수건으로 테이블을 닦는 방법까지 깨알 같은 정보가 적혀 있었다.

한때 대기업에서도 일했던 내게는 큰 충격이었다. 암묵적인 방법으로 일했던 나를 돌아보게 했던 경험이다. 매뉴얼이 얼마나 중요한지 알게 된 계기였다. 매장에 비치된 매뉴얼북 맨 앞장에는 '햄버거는 만드는 것이 아니라 요리하는 것이다'라고 쓰여 있었다. 맥도날드 직원들에게 햄버거만 잘 팔면 된다는 생각을 일찌감치 버리게 만든 맥도날드의 기업 철학이다. 그래서 나는 또 고민한다. 내가 운영하는 반디인하우스의 기업 철학은 무엇일까?

마이클 거버 컴퍼니의 창립자 마이클 거버는 그의 책 ≪사업의 철학≫에서 프랜차이즈의 사업 방식에 대해 이렇게 조언했다.

"창업자들은 대개 팔려는 상품의 성공에 좌우된다고 말한다. 그러나 프랜차이즈 사업 방식은 상품을 파는 것이 아니다. 프랜차이즈의 상품은 그 사업 자체다. 맥도날드의 창업자 레이크 록은 자신이 팔아야 할 상품은 햄버거가 아니라 맥도날드 그 자체라는 사실을 간파했다. 상품이 아닌 사업을 팔아라. 프랜차이즈 시스템은 현실에서 그 비전을 구체화하는 도구다. 관리자는 질서와 예측 가능성, 매뉴얼을 제공한다. 기업가는 가맹점주와 관리자, 기술자 간의 조화로운 균형을 만족할 수 있는 수단을 제공하라."

그는 사업에 휘둘리지 말고 사업을 지배하라고 당부한다. 처음에는 이해가 안 되었지만 몇 번을 곱씹어 읽고 또 읽었다. 이제는 내가 레이크 록이 되어야 한다. '조화로운 균형을 만족할 수 있는 수단'은 무엇일까?

지난여름 7월 22일에 반디인하우스 18호점을 오픈했다. 기존의 매장 콘셉트와는 다른 차별화를 끌어냈다. 스무 평가량 되는 공간은 누가 봐도 고객 중심으로 꾸며졌다. 여유와 행복을 만들어내는 힐링 플레이스다. 금정역 AK플라자점은 최신 비즈니스 모델하우스 그 자체다.

딱히 네일숍은 내로라하는 브랜드가 없다. 전에 근무했던 직장은 안정적인 규모로 네일 업계를 선도했다. 그것만 봐도 시스템을 갖춘 브랜드가 성공할 수밖에 없다. 요즘 들어 변화하는 트렌드를 따라가고 고객의 니즈를 고민해본다. 나는 후발 주자다. 황새를 따라가는 뱁새랄까. 내가 황새가 될 수 없다면 황새가 가진 능력을 키우면 되지 않을까. 혹시 아는가? 드론을 타고 나르는 뱁새가 될수도 있을지. 문제는 반디인하우스가 그 자체로 팔릴 만한 사업이어야 한다는 것이다. 누가 가맹점주가 되든 잘될 수밖에 없는 시스템을 갖추어야 한다. 나는 요즘 이런 매뉴얼을 노트북에 저장하는작업을 하고 있다. 차근차근 황새가 가진 능력을 쌓아가고 있다.

멘티에서 멘토로 동행

사치라고 여겼던 네일을 문화로 바꾼 선도자 전성실 대표

을의 인생을 선택한 포쉬네일 김기상 대표

현장에서 답을 찾는 마케터, 반디네일 배선미 대표

'꾸준여신', 큐릭스아카데미 대표원장 양지연 멘티

'드림노트' 공동 저자 서민정 멘티

나는 네일비즈멘토

3년 전 정찬우 박사의 901 플래너 강의를 들은 적이 있다. 정찬우 박사가 강조했던 말이 떠오른다. 멘토는 한마디로 가르침을 주는 사람이다. 지식과 경험이 많은 사람이 스승의 역할을 하는 것이다. 그렇다면 어렵고 힘들 때는 어떻게 해야 할까. 누구를 만나면 해결될까. 이런 고민을 할 때 연락을 할 수 있는 멘토가 있는가?

　　나는 한 번도 멘토를 만들고 싶다는 생각을 해본 적이 없었다. 단지 존경하는 분이 나타나면 닮고 싶다는 생각만 했을 뿐이었다. 하지만 정찬우 박사는 매년 목표를 세울 때 멘토를 만들 것을 강조했다. 각 분야의 멘토를 찾으라고 했다. 아직 그런 목표를 이루지 못했다면 주변에서 나의 비전을 공유하고 에너지를 채울 사람을 찾아보라고 제안했다.

　　그때 이후 나 역시 901 플래너에 매년 목표를 세웠다. 처음으로 멘토가 생겼고 몇 년간 유지되고 있는 인생 멘토가 가슴에 있다.

20년 넘게 같은 업종에 종사하면서 끊임없는 좌충우돌의 연속이었다. 감당할 수 있느냐, 없느냐를 따져가며 크고 작은 문제를 마주한다. 그런데 대부분 문제에는 관계가 얽혀 있고 우리는 매일 수많은 인간관계 속에서 살고 있다. 이성적인 관계만 있을 수도 없으며 감정적인 관계만 있을 수도 없다. 어느 모임에서 이런 대화를 나눈 적이 있다.

인생을 살아가면서 가장 중요하게 생각하는 것이 무엇이냐는 질문에 '관계'라고 대답했다. 지금까지 이 일을 하면서 맺어온 관계 속에서 내 마음속에 스승으로 자리 잡은 이들이 있다. 언제까지나 변하지 않을 나의 멘토들이다.

나는 그동안 세 명의 멘토에게서 배운 소중한 가르침을 가슴과 머릿속에 깊이 새겨 넣었다. 전성실 대표의 도전을 배웠으며 김기상 대표의 겸손을 배웠고 배선미 대표의 열정을 배웠다. 힘들고 어려울 때마다 나는 진심으로 멘토들에게 묻고 그들과 함께 앞으로 나아가고 있다.

사치라고 여겼던 네일을 문화로 바꾼 선도자
전성실 대표

전성실 대표를 말하지 않고 네일에 관해 이야기할 수 없다. 나는 스물아홉 살에 처음 네일을 시작하면서 전 대표를 만났고 무급 알바의 인연으로 지금까지 상생해왔다. 그의 이야기를 안 할 수가 없는데 솔직하게 말하면 그의 인생 이야기를 들려주고 싶은 욕심이 있다.

내가 처음 전 대표를 만났을 때 그는 스타트업을 시작한 젊은 청년 사업가였다. 당시 그는 세 평 남짓한 작은 사무실에서 네일 산업을 이끄는 선두 주자의 길을 가기 위한 밑그림을 그리고 있었다. 1997년, 우리나라는 IMF 관리체제로 인해 전 국민이 나라 살림을 걱정하고 있었다. 한창 TV와 라디오에서는 금 모으기 운동을 하고 있었으니 백화점에서 한가하게 손발톱을 관리하는 여성들을 보는 곱지 않은 시선으로 보는 것은 어찌 보면 당연했다. 그런 사회적 분위기에서도 그는 네일 산업의 성공을 확신했고 그러한 확신을 현실로 증명해 보였다.

그는 미용실에서 무료로 제공되던 네일 서비스를 전문화하고 산업화하는 데 앞장섰다. 경제학에는 '립스틱 효과'라는 게 있는데 불황일수록 여성들의 립스틱 판매량이 증가한다는 것이다. 그런데 15~10년 전부터 하버드를 시작으로 '매니큐어 효과'라는 말이 등장했다. 여성들이 매니큐어로 인해 자신감을 찾고 자신의 아름다움에 만족해함으로써 긍정적인 힘이 사회 전반에 영향을 준다는 이론이다. 나는 전성실 대표가 그러한 역할을 했다고 생각한다.

그가 어떤 사람인지 말하려면 그의 손가락 사연을 빼놓을 수 없다. 지금의 그를 있게 했던 전환점이라고나 할까. 혹은 복선이 깔린 네일 인생 드라마라고나 할까. 청년 전성실은 스물셋 되던 해에 자신의 정체성을 고민하다 브라질 아마존으로 무전여행을 떠났다. 혼자서 아마존 부족들과 석 달 넘게 생활하면서 자아를 찾기 위한 고민을 했다고 한다. 언젠가 그가 일기장을 보여준 적이 있는데 고민의 흔적이 진하게 배어 있었다. 그러던 어느 날 그는 아마존강 상류에서 통나무배를 타고 가다 악어한테 물려 손가락 하나를 잃어버리는 사고를 당한다.

자아를 찾기 위한 여행에서 그는 손가락을 잃어버리고 말았다. 그때의 사고로 인해 그는 자신이 진심으로 해야 할 일이 무엇인지 찾았다고 했다. 치료받기 위해 병원으로 갔는데 다리, 팔 등이 잘린 환자들이 너무나 많았다. 순간 그 환자들에 비하면 손가락 한 마디는 아무것도 아니라는 생각이 들었고 오히려 감사해했다. 그는 손가락이 없어지자 손톱의 소중함을 깨닫고 네일 산업에 관심이 생겼다. 그때의 소중한 경험이 지금의 전성실 대표를 만든 계기가 되었다. 그는 손톱이 없는 사람이 손톱 장사를 해서 손톱의 소중함을 누구보다 잘 안다고 강조했다.

그 후 그는 미국 영주권을 포기하고 롯데백화점에 네일숍 1호점을 열었다. 그는 직접 솔선수범하며 전통적인 영업 방식으로 전단을 뿌리기도 했다. 내가 영업팀장, 본부장일 때도 전단 배포를 전 직원의 특기로 만들었다. 전단을 뿌리면서 고개를 갸우뚱하는 고객들을 모셔 오는 일까지 완벽하게 수행했다. 지금 영업 방법도 알고 보면 전성실 대표한테서 전수한 것이다. 얼마 안 가 백화점에 쌔씨네일(현 루미가넷)이 자리를 잡고 고객들로부터 인정받기 시작했다. 롯데백화점을 시작으로 현대백화점, 신세계백화점을 비롯해 대형마트에서도 브랜드 입지를 굳히며 명실상부한 국내 네일산업 시장점유율 1위로 업계를 선도하고 있다.

나는 회사가 설립된 지 2년째에 입사해 18년을 일했기 때문에 회사와 함께 성장한 셈이다. 그 덕분에 지금의 내가 있음을 너무나 잘 알고 있다. 앞으로도 그의 도전적인 행보는 계속되리라 기대한다.

현재 전성실 대표는 제2의 사업으로 '아르고티'의 확장에 힘쓰고 있다. 그는 누가 뭐래도 네일 업계의 살아 있는 전설이다. 나는 전성실 대표로부터 배운 것을 바탕으로 네일비즈멘토라는 닉네임을 소화하고 있다.

을의 인생을 선택한 포쉬네일 김기상 대표

한진그룹 총수 일가의 갑질 논란이 화제가 될 당시, 유명 프랜차이즈 대표들의 갑질 횡포로 점주들이 고통을 겪고 있다는 뉴스가 봇물 터지듯 보도되었다. 당시 나는 고객 관리 강의를 하면서 내부 고객과 외부 고객의 개념을 중점적으로 설명했다. 내부 고객이라 하면 회사 동료나 상사, 후배 사원 심지어 청소 아주머니와 경비실장도 포함한다. 내부 고객의 업무 만족도와 복지가 판매와 서비스 활동을 통해 외부 고객에 미치는 영향 등을 설명하곤 했다.

한번은 나의 강의를 수강하는 포일네쉬 가맹점주가 손을 번쩍 들어 질문했다. 자신이 포쉬네일 가맹본부와의 관계에서 내부 고객인지 외부 고객인지 알고 싶다고 말했다. 질문이 끝나자 나머지 수강생들은 그녀와 나를 번갈아 쳐다보았다. 내용인즉, 포쉬네일 김기상 대표가 점주들에게 내부 고객처럼 너무 잘 대해줘서 질문했다는 것이다.

　나는 포쉬네일 가맹본사에서 분기별로 특강을 진행하기도 했는데 김기상 대표를 만났을 때 그 에피소드를 말했다. 그는 지는 게 이기는 거라며 '을'로 사는 인생이 이기는 거라고 말하면서 이렇게 덧붙였다.

　"점주들이 갑인 건 당연합니다. 점주들 덕분에 사업을 이끌고 새로운 사업을 확장하는 기회를 만들 수 있으니 그들이 나의 고객인 것은 분명합니다."

　그는 자신을 을이라고 생각하는데 갑의 대접을 받으면 무척 당황해한다면서 자신의 배려가 상대를 감동시킨다고 말했다. 과연 고개를 끄덕이게 하는 명언이었다. 어느 날 포쉬네일에서 강의를 마쳤는데 김기상 대표가 말했다.

　"박 대표, 블로그 있나요? 있으면 주소 좀 알려줘요."

　순간 아찔했다. 그렇게 오랫동안 일하면서 지시하고 점검하는 일만 했지, 내가 직접 블로그를 해볼 생각은 안 했기 때문이다. 나는 페이스북과 인스타그램으로 개인 브랜딩을 하고 있다고 말했다. 그러자 그는 반드시 블로그를 하라고 조언했다. 어떻게 하는지 모르면 포쉬네일 마케팅 차장을 소개해줄 테니 배우라고 했다. 그러한 배려가 얼마나 감사한지 집으로 돌아오는 길에 블로그 책을 세 권 샀다.

20년 전에도 블로그를 해야 한다고 생각은 했지만 엄두가 나지 않았던 것 같다. 백지상태였기 때문에 어떻게 해야 할지 오리무중이었을 것이다. 김기상 대표의 조언이 계기가 되어 '네일비즈멘토'로 이름 붙인 블로그를 만들고 마케팅 교육을 찾아서 들었다. 그덕분에 교육 내용과 칼럼이 담긴 블로그가 자리를 잡아가고 있다.

네일숍 원장을 대상으로 '초보가 가르치는 왕초보 블로그 특강'을 주제로 강의 프로그램을 만들기도 했다. 원장 100여 명 이상이 그 블로그 강의를 듣고 나처럼 변화해갔다. 그는 나에게 퍼스널 브랜딩을 가르쳐준 멘토다. 지금도 페북, 인스타 친구로 소통하고 있으며 가끔 포쉬네일 점주들을 대상으로 특강을 하기도 한다. 어찌 보면 경쟁 브랜드라 할 수 있지만 서로 시너지를 주고받으며 상생하고 있다. 요즘은 함께 협업하며 미용업계에 필요한 CRM을 연구하고 있다.

자신의 자원을 상대에 나눠줄 수 여유로움을 김기상 대표에게서 배웠다. 을로 살아가는 인생이 행복하다는 것을 일찌감치 깨달은 그는 타고나길 기버(Giver)다. 내게는 아낌없이 주는 나무와 같은 분이다.

현장에서 답을 찾는 마케터, 반디네일 배선미 대표

14년 전 배선미 대표는 친환경 브랜드 반디를 통해 네일 업계의 패러다임을 바꾸며 혜성처럼 나타났다. 당시 나는 OPI 수입 브랜드로 독과점 영업을 하고 있었다. 경쟁이랄 것도 없이 언제나 일등의 자리를 놓친 적이 없는 나로서는 위기의식이 생겼다. 게다가 독점 수입에서 병행 수입으로 제도가 완화되면서 국내 영업이 어려워진 상황이었다.

이때 국내 제품으로 친환경이라는 구호를 내걸고 반디가 등장했다. 신선한 충격이 분명했다. 수입에 의존하던 당시 최초의 친환경 국내 브랜드 출시는 네일 산업의 역사에 남을 만한 사건이었다. 그녀의 손길을 거치면 순식간에 베스트셀러가 되었으며 그녀의 예리한 판단력은 현장을 허투루 보지 않는 송곳과 같은 감각에 있었다. 마법과 같은 그녀의 감성은 정말 부럽기까지 했다.

매년 학여울 세택 전시장에서 봄, 가을로 신상품 전시 격인 박람회가 열린다. 행사 전날 행사장은 그야말로 난리 북새통이다. 각 업체의 부스마다 집기를 설치하고 제품을 진열하느라 모두가 정신이 없다. 언젠가 배선미 대표가 구두를 벗어 던진 채 블라우스 소매를 걷어 올리고 상품을 진열하는 모습을 본 적이 있다. 대표가 직접 컬러를 배열하고 맨발로 행사장 부스를 왔다 갔다 하며 직원들과 소통하는 모습은 맨발의 디바를 떠올리게 했다. 그녀의 지시에 따라 일사불란하게 움직이는 직원들도 인상적이었다. 그녀는 박람회장에서 일일이 고객을 계산대 앞으로 안내하기도 했다. 현장에서 답을 찾고 원장들과 소통하는 배 대표의 현장 감각은 이런 과정을 통해 무르익은 게 아닌가 싶었다.

"대표님, 반디가 무슨 뜻이에요? 설마 반딧불?"

나의 질문이 끝나기 무섭게 그녀가 웃으면서 말했다.

"네, 맞아요. 반딧불이의 순수하고 깨끗한 자연의 빛을 모티브로 다양한 프로페셔널 네일 아트 제품군을 출시하고 싶었어요. 네일아티스트들이 자유로운 상상을 바탕으로 자연과의 조화를 소중히 여기고 삶의 진정한 아름다움을 발견하기를 바라는 마음으로 이런 이름을 지었어요."

그녀는 친절하게 반디의 네이밍과 브랜드의 아이덴티티를 설명했다. 그런 그녀의 매력에 빠져들 수밖에 없는 건 너무나 당연했다. 어느새 우리는 경쟁자에서 협력자가 되었으며 지금은 그녀의 감각을 나누고 있다. 출시한 지 만 2년이 된 반디인하우스를 함께 하면서 파트너가 되었다. 현재 반디는 뛰어난 제품력으로 프로페셔널 네일 시장에서 입지를 굳히고 있다.

또 네일 아트의 대중화를 통한 시장 확대를 위해 홍보 및 마케팅에 전력을 다하고 있다. 거기에 힘입어 나는 브랜드를 개발하고 있다. 그녀로 인해 국내 네일 시장에서 해외 브랜드의 입지가 흔들리기 시작했고 반디는 국내 1등 브랜드로 자리를 잡았다. 이제 배선미 대표는 국내뿐 아니라 아시아, 유럽, 미국 등 글로벌 브랜드로 확장하고자 하는 포부를 키워가고 있다. 나는 그녀와 함께 반디인하우스의 집을 짓고 있다.

그녀는 그 집의 살림살이를 하나하나 꾸려가고 있다. 때로는 아기자기하게, 때로는 고급스럽게, 때로는 화려하게 반디 제품들로 채우고 있다. 국내 브랜드 제품을 개발하고 유통할 수 있는 발판을 마련한 것이 분명하다. 지금 우리는 '적과 동침'하는 사이지만, 미래를 함께할 동반자이기도 하다. 그래서 끊임없이 서로를 응원하며 멘토와 멘티를 자청하고 있다.

지난해에는 문제성 손발톱 시장에 대한 확대를 함께 논의했다. 거의 18개월 동안 준비한 프로젝트를 완성했다. 현재 활발하게 활동하고 있다. 서로를 독려하고 동기부여 하면서 이제 막 출시한 신규 브랜드가 '큐릭스'이다. 또다시 네일 업계의 판세를 뒤집을 기세로 두 여자가 움직이고 있다.

'꾸준여신', 큐릭스아카데미 대표원장 양지연 멘티

물론 나를 멘토로 여기는 이들도 있다. 양지연 이사는 함께 일한 지 6년이 넘었다. 그녀의 핸드폰에 저장된 내 이름은 '내 멘토'다. 사적인 자리에서 그녀는 말한다.

"대표님은 저를 저 밑바닥에서 끌어올려준 멘토세요."

처음에는 부끄러웠으나 그녀의 진심을 알고 있기에 나는 응수한다.

"나의 '꾸준여신' 멘티입니다."

나는 같이 일하면서 꾸준히 자기계발을 하고 성장하기 위해 노력하는 그녀의 모습을 지켜보는 것이 참으로 행복하다. 양지연 이사는 자신이 쓴 책 ≪하루 3분 나만의 행복 루틴≫을 통해 '꾸준 여신'을 닮아가고 있다. 지난해 이 책으로 그녀는 베스트셀러 작가에 이름을 올리기도 했다. 지금은 '부끌대학(부를 끌어당기는 대학)'의 학장으로 강연과 사회봉사 활동을 동시에 하고 있다. 또한, 큐릭스 아카데미의 대표 원장으로 자신이 가진 전문 분야의 기술을 끊임없이 공부하고 나눠주는 삶을 살고 있다. 그녀가 발전하는 모습을 지켜보면서 이제는 오히려 내가 배우고 있다. 양지연 멘티와도 미래를 동행하리라.

'드림노트' 공동 저자 서민정 멘티

" 대표님! 이것 좀 봐주세요! 제대로 만들고 싶어요!"

그녀는 두꺼운 노트 한 권을 들고 느닷없이 나를 찾아왔다. 네일숍에서 사용하는 운영 관리 노트를 만들고 싶다고 했다. 기존에 내가 NSS수업 때 목표 관리표로 만들어준 공책을 보며 아이디어를 얻었다고 했다. 좋은 생각이었다. 우리는 기존에 사용하던 타사 플래너들을 모아 놓고 네일숍에서 적용할 수 있는 좋은 점들을 찾아서 노트를 재탄생시켰다. '드림노트'라는 이름도 붙였다. 실질적인 고객 관리와 시간 관리, 그리고 매출뿐 아니라 자기 경영관리가 가능한 다이어리로 만들었다. 매일매일 자신의 계획과 실행을 점검할 수 있는 노트다. 고객 관리하는 방법, 응대 방법 및 영업 방법도 넣었다. 제작한 후 NSS 수업을 통해 판매를 시작하고 사용 방법을 교육시켰다. 지금은 이 노트 역시 반디인하우스와 네일숍 원장들, 직원들의 필수품이 되었다.

서민정 멘티를 아는 이들은 그녀의 초긍정주의 사고를 최대 장점으로 인정한다. 나 역시 마찬가지다. 게다가 학습을 게을리하지 않고 늘 배우는 일에 시간과 에너지를 쏟는다. 지금의 서민정 멘티 역시 나와 함께 가고 있다. 반디인하우스 광명점을 운영하는 점주이자 큐릭스 아카데미의 마스터로서 같은 길을 가고 있다.

이미 20년 전 상사와 부하 직원으로 만난 인연이 지금은 서로 독려하고 응원하는 멘토와 멘티의 관계로 이어가고 있다. '드림노트'에 우리의 꿈을 함께 적어 가고 있는 중이다.

나는 네일비즈멘토

한근태 박사의 ≪재정의 사전≫을 보면 멘토를 이렇게 재정의했다. '멘토란, 어떤 일을 당했을 때 그분이라면 어떻게 했을까 하고 생각나는 사람이다.' 나는 그 말이 와닿는다. 종종 가맹점주나 협력사와 문제가 생기거나, 고객들과 분쟁이 발생할 때마다 묻는다. 한번은 매장을 열면서 유통사와 점주 사이에 불편한 사건이 있었다. 직원 채용과 교육이 끝난 상태에서 개점 일정이 계속 연기되고 시간만 차일피일 미뤄지니 점주 처지에서는 경제적 손실이 있을 수밖에 없었다. 그 상황에서 내가 어떻게 도와줘야 할지 고민했다. 법륜 스님이라면 이런 상황에서 어떻게 했을까? 내가 법륜 스님이라면 뭐라고 말하고 행동했을까? 나는 정중하게 유통사에 공문을 보냈다.

개점 일정이 미뤄지는 상황으로 직원 급여와 지연된 기간 임대 관리비를 일부라도 보상해달라고 요청하는 공문이었다. 공문을 보내고 나서 일부 금액을 변제받았다. 법륜 스님의 책과 법문에서 읽고 듣고 느낀 마음으로 상대방의 심정을 헤아려봤다. 법륜 스님은 내가 마음을 다스리고 지혜를 찾을 수 있게 해주는 멘토다.

네일비즈멘토는 내 닉네임이다. 요즘 나에게 의견이나 조언을 구하는 사람들이 많아졌다. 나의 경력과 경험 때문인지 나를 멘토라고 부르고 때로는 나를 멘토라고 소개하기도 한다. 이처럼 내가 책임져야 하는 식구들인 직원들과 점주들의 기대를 저버려서는 안 된다. 이런 생각을 하면 어깨가 무거워진다. 이제는 책임져야 하는 브랜드도 생겼고 우리 브랜드를 사랑하는 백만 명 이상의 고객도 있다. 막중한 책임감을 느낀다. 살아오면서 존경하는 스승들을 만나는 기회도 누렸다. 직원들과는 멘토, 멘티가 되어 쌍방향 소통하며 이어가고 있다. 이들과 함께 있다는 것만으로도 삶이 더욱 여유롭고 풍성해지는 경험을 하고 있다.

6

지속 가능한 성장 설계도를 그리다

바꿔, 바꿔! 모든 걸 다 바꿔

'못' 아닌 '망치'로 살겠다

망하는 데는 다 이유가 있다

장사 말고 사업을 하자

나는 어떻게 지속 성장할까?

하드웨어와 소프트웨어 다음은 휴먼웨어

바꿔, 바꿔! 모든 걸 다 바꿔

2019년 12월 31일, 첫 가맹 계약서에 도장을 찍었다. 나는 불거진 광대뼈를 드러내며 흥분을 감추지 못했다. 2022년 7월 22일, 18호점을 오픈했다. 입술을 꼭 깨물고 무거운 책임감을 느꼈다. 2019년 마지막 날 첫 계약서를 쓸 때만 해도 코로나19가 뭔지도 몰랐고 곧 예전으로 돌아가겠지 생각했다. 그런데 코로나19로 인해 폐업이라는 백기를 드는 곳이 한둘이 아니었다.

지금까지 가맹 상담을 하면서 많은 사람을 만났다. 그들한테는 내가 성공을 거머쥔 것처럼 당당하게 보였나 보다. 하지만 나는 여전히 갈 길이 멀기만 하다. 2019년 11월 28일, 강남도 종로도 명동도 광화문도 아닌 위례신도시에 직영 매장을 열었다. 모두 의아해했다. 대부분 본점인 1호점은 누구나 알 만한 위치에 세우는 안테나 매장이 일반적이기 때문이다.

브랜드를 알리는 차원에서 안테나 매장으로 위례는 아무래도 적합하지 않았다. 지하철도 다니지 않는 도심의 시골형 포켓 상권 이다. 더구나 열다섯 평 규모로 소박하게 시작했다. 하지만 그렇게 출발한 데는 나름의 이유가 있었다.

첫째, 창업 대출이라는 좋은 제도가 있지만 새로운 사업을 시 작하면서 큰 빚을 지기에는 무리가 따른다고 판단했다. 최대한 자 기 자본으로 가능한 방법을 찾았다. 당시 나는 개인적으로 숍을 두 곳 운영하고 있었다. 파트너인 양지연 이사 역시 쉰 평 규모의 매 장을 운영하고 있었다. 궁극적으로 반디인하우스라는 브랜드를 키 울 생각에 우리가 가지고 있던 매장을 정리할 준비를 하고 있었다. 너무 무리하게 자본을 투자하지 말자는 결론을 내렸다.

둘째, 창업 수요를 보면 네일숍 원장이 선호하는 보편적인 숍 규모는 약 열 평에서 열두 평이다. 여성들이 소자본으로 창업할 수 있는 아기자기한 소형 네일숍의 규모다. 그러나 창업자들에게 나 도 할 수 있다는 자신감을 심어주기 쉽게 접근하려면 가장 알맞은 평 수는 열다섯 평 정도였다.

우리가 추구하는 공간 마케팅은 열다섯 평 정도는 되어야 가 능했다. '고품격 힐링 플레이스'라는 콘셉트로 네일존, 속눈썹존, 키즈존, 포토존, 고객대기존 등 최고의 수익을 올릴 수 있는 숍의 전형을 보여줘야 했다. 이런 이유로 최소한의 그림을 그리고 시작 했다.

서른 평에서 쉰 평대로 시작하면 번듯하게 보여주는 효과는 있다. 하지만 예비 창업자에게 현실적으로 가능한 모델하우스 같은 숍을 보여줘야겠다는 취지였다. 창업자가 투자금 대비 수익이 나오는 구조를 한눈에 확인하기 위함이었다. 대체로 창업자들도 열다섯 평 정도를 적당한 범위라고 생각하는 경향이 있다.

셋째, 가장 큰 이유는 창업자에게 동네 상권에서 이기는 방법을 가르쳐줘야 하기 때문이다. 백화점이나 대형 쇼핑몰에는 이미 타 브랜드의 네일숍이 입점해 있다. 창업자들은 동네 상권, 역세권, 슬세권에서의 창업을 희망할 것이고 그런 곳에서의 성공 모델을 보여줘야 했다. 위례는 신도시로 동네 상권, 동네 장사를 하는 곳으로 적합했다.

직영점에서 먼저 교과서 같은 성공 이야기를 만들어야 한다고 생각했다. 내가 과거 운영하던 매장은 특수 상권에 있었으며 동네 상권과 성공 포인트, 관리 포인트가 같을 수 없다. 동네 상권에서 성공시킨 노하우를 예비 창업자들에게 가감 없이 고스란히 보여줘야 한다고 생각했다.

그렇게 1호점의 서막을 열었다. 우리는 '고품격 네일살롱'이라는 캐치프레이즈를 걸고 그 일대에서 가장 고가의 서비스를 제시했다. 입버릇처럼 서비스 가치로 승부를 걸겠다고 했던 만큼 이색적인 마케팅도 준비했다. 위례에는 어린아이가 있는 30대 엄마들이 많은 편이다. 미니언즈와 피카츄 인형과 미키마우스, 미니마우스 등의 인형 가면을 활용해 아이들의 관심을 끌고 엄마들을 잡겠다는 전략을 썼다. 매월 5일에는 '반디인하우스 어린이날'을 만들어 엄마와 어린 딸의 마음을 설레게 했는데 그 전략은 어느 정도 먹혀들어 갔다. 국내 최고의 브랜드숍이라며 고객들에게 홍보했다.

그런데 예기치 못한 문제에 봉착했다. 나는 신개념 서비스 공간으로 리클라이너 소파에 앉아 손과 발 관리를 동시에 할 수 있도록 인테리어 구조를 구상했다. 생각의 전환이었다. 하지만 얼마 안 가 그것이 나만의 착각이라는 것을 깨달았다. 발 관리 고객은 상당히 편하고 좋다며 만족감이 높았어도 손 관리 고객은 몸이 너무 힘들고 관리하는 시간도 더 많이 소요되었다. 주중에는 그런대로 불편을 감수할 수 있어도 주말에 밀어닥치는 고객들은 기다리지 않았다. 고객들이 불편을 호소하기 시작했고 연 지 한 달 만에 다시 뜯어고쳐 손 관리 공간을 따로 만들었다.

모든 서비스를 특수 제작한 리클라이너에서 하겠다는 이유로 가격도 고가로 책정했었기에 가격 조정도 해야 했다. 서비스 가격도 상위권 수준에서 중상 정도로 다시 조정했다. 축하 나팔을 울리며 개점한 지 한 달 만에 유행가 가사처럼 바꿔, 바꿔, 모든 걸 다 바꾸게 됐으니 경제적 손실과 시간 낭비로 마음이 불편했다.

리클라이너를 고집했던 내가 결국 백기를 든 것이다. 어쨌거나 고객이 원한다면 다시 바꿔야 했고 바꿀 수밖에 없었다. 12월 28일 모든 걸 다시 바꾸고 2020년 새해부터 새롭게 영업을 시작한다는 목표를 세웠다. 첫 가맹점주는 자신의 브랜드로 업계에서 잔뼈가 굵은 장해란 원장이다. 그런데도 아무것도 없는 나와 함께하고 싶다는 의사를 밝혔다.

그녀는 원장들 사이에서 장 박사로 통할 만큼 빈틈없는 사람이었다. 나는 처음 만났을 때 뭘 알고 싶어서 온 거지 하는 의구심이 들었다. 두 시간에 걸친 창업 상담을 마치고 장 박사의 진심을 알았다. 혼자 자신의 브랜드를 가져가는 것이 버거워서 나와 상담했으며 그동안 혼자 고민하다 의지할 곳을 찾고 있다고 했는데 그녀의 심정이 충분히 이해되었다.

나는 조직에서 많은 사람과 일했지만, 그는 혼자 외로운 싸움을 하고 있었다. 이 부분도 내가 도와줄 수 있다고 생각했다. 그렇게 인연이 되어 1호점인 당산점 개점 준비를 시작했다. 장 박사와 일하는 직원들은 시스템을 익히기 위해 미리 교육했다. 하지만 처음 매니저 시스템을 접했던 터라 직원들의 이해도가 낮았다.

개점 초창기에는 시스템의 변화로 인해 직원들의 불만이 이만저만이 아니었다. 하지 않았던 업무를 해야 했고 하던 업무는 변화된 시스템에 맞춰야 했다. 시작은 미약하나 끝은 창대하리라. 당산점 개점식 때 목사님께서 오셔서 희망을 주셨던 일이 생생하게 기억난다. 하지만 미약했던 것이 갑자기 창대해질 리는 없다. 시련은 찾아오기 마련이다. 갑자기 네 명이 모두 퇴사한다는 연락이 왔다. 가맹점에 대한 희망과 기대는 사라지고 혼자 덩그러니 남은 것이다.

어쩔 수 없이 이번에는 직원을 모두 바꿔야 했다. 장 박사와 함께 고심하다 내린 결론은 모든 걸 다 바꾸자는 것이다. 우리는 타협이 아니라 재정비를 선택했다. 직원들을 다시 채용하고 반복적으로 매니저 시스템과 정신 교육을 중점적으로 지도했다. 새 술은 새 부대에 담는 게 효율적일 수 있다. 그러한 위기를 극복하고 최고의 팀워크를 자랑하는 매장으로 성장했다. 오늘도 최고 매출을 갱신하고 있는 그들에게 박수를 보낸다.

이런 과정을 거치면서 반디인하우스는 시스템을 갖춰나가고 있었다. 매장을 개점할 때마다 겪는 일련의 과정은 피드백의 연속이었다. 마치 연습 문제를 푸는 것처럼 많이 풀수록 맞히는 문제가 많아지고 있었다. 연습은 실패를 전제로 한다. 연습할 때는 설사 실패해도 실패라고 생각하지 않는다. 실수로 여긴다. 실패를 예상하고 연습하기 때문이다.

물론 사업을 연습 게임처럼 할 수는 없다. 나는 이것을 피드백이라며 스스로 합리화했는데 실패라고 정의 내리고 싶지 않았기 때문이다. 내가 동의하지 않는 한 실패가 아니고 더 나은 방법을 찾기 위한 연습이고 피드백이었다. 우리는 언제나 개선하고 또 개선하고 있다. 피드백이 거듭될수록 우리의 시스템은 견고하고 완벽해지고 있다. 오늘도 나의 계획표 점검 목록에 점수를 매기고 있다.

'맞고 틀리고! 하고 못하고! 되고 안 되고!'

그런 연습을 되풀이하면서 그렇게 또 바뀌가고 있다. 더 나은 변화를 위해서.

'못'이 아닌 '망치'로 살겠다

전에 근무하던 회사에서 있었던 일이다. 영업팀에서 상품개발 팀으로 발령받았다. 영업팀에서 오랫동안 일했기 때문에 고객과 직원이 무엇이 필요하고 어떤 것을 개선해야 하는지 알 수 있었다. 수차례에 걸쳐 상품개발팀에 제품 개발을 건의하고 요청했다. 그 당시 영업팀과 상품개발팀 간에는 논쟁이 끊이지 않았다. 영업팀 에 있을 때 상품개발팀과 쌈닭처럼 싸웠고 샘플이 나올 때마다 좋 다, 안 좋다, 잘 팔린다, 안 팔린다고 하며 신경을 곤두세웠다.

잘 팔리면 영업팀이 잘한 거고 안 팔리면 상품개발팀에서 잘 못 만들어서 그렇다며 서로를 탓했다. 그랬던 내가 발령받았으니 영업팀에서는 잔뜩 기대하는 눈빛이었지만 상품개발팀에서는 너 도 별수 없어, 어디 한번 해봐 하는 싸늘한 눈빛이 뒤통수에 꽂혔 다. 내향성 발톱 교정 제품은 히트 상품이었다. 내향성 발톱으로 고통스러워하는 고객이 많았기 때문이다.

영업팀에서는 매출을 올릴 수 있는 서비스 메뉴에 추가할 게 분명했다. 다른 네일숍에서 서비스하지 않기 때문에 차별화할 수 있을 뿐만 아니라 부가가치를 올릴 수 있다는 확신이 있었다. 상품개발팀에서는 요청할 때마다 알아본다고만 할 뿐 정확한 피드백이 없었다. 내가 나섰다. 독일 브랜드 구매상과 협의를 시작하고 두 달여 동안 협상을 거쳐 우리가 독점 판매하기로 했다. 내가 하고야 만다는 집착 같은 오기 덕분이었다.

사장 앞에서 영업과 서비스 전략 그리고 예상 판매 수량과 목표 매출까지 브리핑했다. 이어서 전국의 매니저를 모아 직접 교육했다. 응대 시나리오를 만들어 직원들이 똑같이 응대할 수 있도록 매뉴얼을 만들었다. 직원들은 교육받자마자 매장으로 돌아가 판매하기 시작했고 말 그대로 대성공이었다.

그런 분위기에 가세해 전국 네일 재료 유통 지사장들을 본사로 초청해 신상품 설명회를 열었다. 내가 직접 설명회를 했는데 유통업 사장들이 환한 표정으로 엄지손가락을 들어 올리며 나를 치켜세웠다. 그야말로 내가 국가대표 선수로 뽑힌 듯한 심정이었다. 상품개발팀으로 가자마자 만루 홈런을 친 거다.

영업팀장들은 덕분에 목표 매출을 달성했다며 커피를 사다 날랐다. 어깨에는 힘이 들어갔고 근거 없는 자신감은 두 번째 대성공 상품이 있다며 큰소리쳤다. 나만의 기준으로 몇 가지 대성공 상품 리스트를 뽑았다. 머리는 두 번째 홈런을 칠 생각으로 가득했다.

야구선수가 타자로 나서기 전 운동장 옆에서 준비운동을 하며 감독으로부터 코치를 받아야 하지만 나는 홈런을 치고 관객들이 환호하는 모습만 상상하고 있었다.

귀를 막고 눈도 감은 채 내가 옳다고 생각한 상품을 조목조목 고집스럽게 설명하며 설득하고 있었다. 내가 기획한 제품은 금으로 만든 네일 스티커였다. 나는 21세기 트렌드는 웰빙으로 건강한 손톱을 추구하기 때문에 고부가가치 네일 산업에 금이 딱 들어맞는다고 주장했다. 그 당시 손톱에 스와로브스키로 장식한 네일 아트가 유행을 선도한 것도 나의 주장에 힘을 실었다.

금은 건강뿐만 아니라 부의 상징 그리고 동양 분위기에 딱 들어맞았다. 나의 의견을 집요하게 관철했다. 신제품의 출시를 기념해 초대 명단을 정리하고 네일 아트쇼를 준비하고 있었다. 금으로 장식한 손톱을 하고 런웨이에 세울 모델도 섭외했다. 드디어 내가 만루 홈런을 칠 타자로 만반의 준비를 마쳤다. 이제 금과 어울리는 웅장한 음악과 함께 모델들이 금빛 손톱을 내보였다.

순간 나는 이쪽저쪽을 곁눈질하며 아랫입술을 잘근잘근 깨물고 있었다. 런웨이를 마치고 웅장했던 음악과 달리 아다지오 속도로 새어 나오는 가냘픈 박수 소리에서 직감했다. 가슴이 철렁 내려앉았다. 지사장들의 반응도 냉담했고 중국과 호주, 인도네시아에서 온 바이어들도 쓴웃음을 지어 보였다. 영업본부장은 우리가 열심히 팔아볼게 하는 말만 남겼다.

사장은 몇몇 귀빈과 악수하고 자리에서 일어났다. 뭐가 잘못

된 것일까? 그제야 팀원과 영업팀장들의 목소리가 들려왔다. 그들 말이 내 귀에 박히고 그들 입 모양이 눈에 박혔다. 원가가 워낙 고가라서 수요층이 적을 거라 예상한다고 했다. 직원들도 마음 놓고 연습할 수 있는 것도 아니라고 했다. 혹여 직원이 실수라도 하면 손해가 이만저만이 아니라고 했다. 금색 하나로 네일 아트를 하는 건 창의성이 떨어진다고 했다.

지푸라기라도 잡고 싶은 심정으로 나름의 가능성이 있을 거라며 마음을 가다듬었다. 제품의 확신보다 본부장과 영업팀장이 내 손을 잡아줄 거라는 초라한 믿음이었다. 전국 대리점 지사장을 만나러 다녔다. 거듭 설명하고 또 설득했지만 돌아오는 메아리는 허무했다.

"좋던데요. 근데 우린 아직 아닌 것 같아요. 그 대신 내향성 발톱 제품 주문할게요!"

늦은 시각 열차를 타고 부산에서 대구를 거쳐 올라오는데 눈물이 좌석 테이블에 이슬처럼 맺혔다. 손등으로 닦아내면 또 떨어지고 닦아내면 또 떨어졌다. 이 상황을 내가 해결할 수밖에 없었다. 원가를 포함한 투자금이 족히 일억 원은 넘었다. 의심할 여지 없이 두 번째도 성공한다고 확신했다. 다른 사람들의 의견을 듣지 않고 무시했으며 트렌드를 알량한 지식에 껴맞추는 게 능사라고 믿었다.

하면 된다는 무식한 용기가 불러온 참사였다. 어차피 안 되면 직영 매장에서 소화하면 되지 뭐. 최후의 보루인 우리 직영 매장이 있잖아 하는 식으로 빠져나갈 구멍을 미리 만들고 진행했다. 이 일을 계기로 석 달 전 한껏 무거웠던 어깨는 땅 밑으로 꺼져갔다. 당당했던 목소리는 개미가 기어가는 소리가 되었다.

석 달 만에 롤러코스터를 탄 셈이다. 듣는 소통을 하고 원원하기 위해 협업하고 모두의 의견을 모으고 치밀하게 계획해야 했다. 회삿돈 일억 원을 쓰면서도 내 오만은 쓸데없는 자존심만 내세우고 있었다.

'요즘 힘들지요. 난 박 차장이 기획한 상품이 실패라고 생각하지 않아요. 누구나 실수하고 실패할 수 있지만 그 자리에 정체되어 있으면 실패가 아닌 일도 실패로 돌아가요. 문제가 뭔지 다시 한번 잘 살펴봐요. 일억 원으로 창업했다고 생각해요. 어떻게 알릴지 다시 고민해봐요. 본부장들을 설득했던 열정으로!'

사장 메일을 보는 순간 눈물이 핑 돌았다. 얼마나 큰 위안이 되고 용기가 되었는지 모른다. 다시 설문지를 만들어 직접 직영점의 고객들을 만났고 직원들의 의견을 들었다. 못 들었던 소리가 다시 들렸다. 희망이었다. 그 안에서 다시 아이디어를 찾았다. 바로 골드 키트를 만드는 것이었다. 팀원들의 반짝이는 아이디어까지 합세해 골드 네일 아트 스티커를 활용할 수 있는 필수 제품을 묶어

세트 상품으로 재출시했다.

곤두박질치던 판매량은 세트 상품으로 객단가를 높이자 효자 상품으로 둔갑했다. 잠시 생각해보자던 유통대리점 사장들의 주문 전화를 받으면서 비로소 안도의 한숨을 내쉬었다. 주문서를 받았다며 내게 알려주는 유통팀장의 약간 격양된 목소리에서 나를 위로하는 마음이 느껴졌다. 이심전심이라고나 할까.

미국의 시인 롱 펠로우는 말했다.

"이 세상에 인간은 못이 되든지, 망치가 되든지 둘 중 하나다."

내가 주도적으로 살면 망치가 되어 여러 개의 못을 이용해 물건을 만들 수 있다. 하지만 내 삶을 누군가에게 맡기면 못이 되어 망치에 두들겨 맞는 인생을 산다. 주도적으로 살면 인생을 만들어가지만 남의 손에 내 인생을 맡겨버리면 수동적인 삶을 살게 된다는 뜻이다.

회사에 재직할 때도 나는 주도적으로 살았다. 그러다 보니 생각나는 대로 앞뒤 재지 않고 움직이는 측면도 있었다. 나는 그 일을 통해 많은 것을 배웠다. 아무리 타당성이 있어도 내 의견만 옳다고 주장해서도 안 되며 주변의 이해를 배척한다면 단지 고집만 부리는 '꼰대'가 될 수 있다. 그런 '꼰대'가 자신이 아는 것과 보는 것을 전부로 안다면 문제가 된다.

앞뒤 좌우를 안 살피고 목표만 향해 가면 돌부리에 넘어지는 상황은 반드시 온다. 무능한 지도자가 될 수밖에 없다. 하지만 목표에 다가서기 전에 문제를 만났을 때 깊이 고민하고 집중하면 결국 그 문제는 풀린다. 넋 놓고 있을 게 아니라 치열하게 문제의 원인을 다시 찾아봐야 한다. 못이 아닌 망치로 살고 싶다. 어느 못에 망치를 두들길 것인지 혜안을 키워야 한다. 이번 일을 계기로 무조건 망치를 휘두르는 사람은 되지 말아야겠다는 사실을 깨달았다. 내 인생을 건실하게 짓기 위해 나는 오늘도 망치를 두들기고 있다.

망하는 데는 다 이유가 있다

　네일 미용이 국가자격증이 되기 시작하면서 급격하게 창업 바람이 불었다. 자격증만 취득하면 창업을 할 수 있었다. 자격증을 취득하고 전문 기술과 매장 관리 경험도 없이 무작정 창업 전선으로 뛰어드는 이들이 많다. 국가에서도 경력단절녀에게 지원해주는 사업이 많다. 지역구 여성개발원, 복지시설 등에서 자격증을 취득하고 곧바로 숍을 열 때도 많다.

　경력단절 여성에게 일자리 기회를 주는 것은 바람직하지만 기술도 부족하고 경영 능력도 없는 상태에서 숍을 여는 것이 문제다. 평균 이틀에 한 번꼴로 창업 문의가 들어온다. 소자본 여성 창업으로 네일숍이 매력적인가 보다. 그들은 대부분 사업 요건의 기본적인 사항도 알아보지 않고 대뜸 가맹비는 얼마며 인테리어 비용은 얼마나 들고 한 달 예상 수익은 얼마냐고 물어온다.

내가 진지하게 경력이 얼마냐고 물으면 이제 학원에 등록하고 자격증을 취득하려고 한단다. 이런 사람들이 미래의 잠재 고객이 될 확률도 희박하다. 나는 자격증을 취득하고 최소한 일 년 이상은 네일숍에서 경험해보라고 권유한다. 사계절은 다 경험해봐야 그때마다 매장 관리며 운영 방법을 배울 수 있지 않겠는가.

얼마 전 원장들만 가입한 네이버 카페에서 내 눈을 의심하게 만든 글이 있었다.

'네일숍 폐업률 1위'

인터넷을 뒤지고 뉴스 채널을 아무리 검색해봐도 이런 기사는 없었다. 공식적으로 발표된 글을 찾을 수가 없었다. 나는 어디에서 발췌한 기사인지 밝혀달라고 댓글을 올렸다. 나도 네일숍 폐업률이 얼마인지 진실은 모른다. 폐업률을 알아보고 싶지만 정확한 정보를 찾지 못했다.

통계청 자료에 의하면, 신규 발급한 사업자등록증과 폐업한 신고 숫자만 나와 있는데 이 숫자 역시 매년 엎치락뒤치락하는 상황이다. 숫자만 봤을 때는 숍이 생기고 없어지기를 반복하고 있다. 그런데 내 질문이 무색할 정도로 댓글이 우후죽순으로 달리기 시작했다. 이런 결과를 진즉에 예상했다는 식의 댓글, 어쩔 수 없다는 낙담 어린 댓글, 애초부터 알고 있었다는 글이 순식간에 조회수를 늘리고 있었다.

많은 댓글이 '네일숍 폐업률 1위'를 기정사실로 받아들이고 인정하고 있었다. 그들은 왜 가짜 뉴스에 동요하는 것일까? 아마도 가짜 뉴스가 진짜 뉴스처럼 그럴싸했기 때문일 것이다. 네일숍을 운영하기 어려우니까, 최저임금으로 직원 고용에 어려움이 생겼으니까, 물가는 오르는데 서비스 가격은 십 년 전 가격을 그대로 유지하고 있으니까 하는 생각이 꼬리에 꼬리를 물었다.

'네일숍 창업'을 검색해보면 포털과 각종 뉴스, 기업 홍보, 창업 안내에 관한 글로 차고 넘친다. '여성 소자본 창업 1위'라는 기사도 쉽게 찾아볼 수 있다. 이런 엇박자가 있을까. 그런데 왜 그들은 가짜 뉴스를 현실로 받아들이고 폐업을 고민하는 것일까. 냉정하게 들릴지 모르지만 네일숍이 문을 닫는다면 다 그만한 이유가 있다고 생각한다.

첫째, 전문적인 지식 없이 창업했기 때문이다. 고객과 시장이 무엇을 원하는지 시시각각 분석하고 알아야 한다. 기술은 날로 발전하고 고객의 요구 또한 다양해지고 있으며 시장은 끊임없이 변화하고 있다.

기술자 정신만 있어서는 사업에 성공할 수 없다. 전문적 지식을 기반으로 하는 경영자 정신이 필요하다. 자격증만 있다고, 자본금이 적다고 경험 없이 함부로 덤벼서는 안 된다.

게다가 우리 일은 90퍼센트가 사람이 하는 일이다. 성공적인 경험을 해보지 않은 상태에서 창업한다는 건 위험하다. 은퇴 자금으로 무작정 치킨집 프랜차이즈를 하는 것과 같다. 우리나라에 있는 치킨집이 전 세계에 있는 맥도날드보다 많다면 이해가 되는가. 하고자 하는 일에 대한 충분한 경험과 지식을 쌓은 후 창업해야 한다. 전문적인 지식과 기술에 대한 이해와 경험이 없으면 실패할 수밖에 없다.

둘째, 초심 관리를 해야 한다. 엄마 집 근처에 낙지볶음집이 열어서 금세 맛있다는 소문이 났다. 매콤한 맛을 상쇄하는 들깨수제비를 곁들임 요리로 내놓는다. 얼마 후 엄마와 다시 갔는데 들깨수제비 대신 떡갈비가 나왔다. 어느새 없던 떡갈비도, 없던 돈가스도, 없던 냉면에 우동까지 메뉴판을 장식하고 있었다. 그러다 얼마 못 가서 문을 닫았다.

집 앞에 1인 미용실이 개업해서 두 아들이 주로 이용했는데 남성 고객들이 꽤 많았다고 한다. 언제부턴가 시작 시간과 마감 시간이 바뀌고 복장도 전혀 원장답지 못하다고 아들이 와서 말한다. 미용실에 가면 소파에 누워 TV를 볼 때도 있고 예약 전화했더니 운동 중이라며 잠시 후에 오라는 것이다. 이 미용실 역시 1년을 못 넘기고 문을 닫았다.

초지일관이란, 처음에 세운 뜻을 끝까지 밀고 나가는 힘을 말한다. 창업했을 때의 열정이나 목표를 잃지 않고 마음을 단단히 잡아야 한다. 주변의 부정적인 조언이나 충고에 흔들려서 굳은 초심을 지키지 않으면 가게를 접을 수밖에 없다.

셋째, 경영 이념도, 사업 시스템도 없이 무작정 창업한다. 때로는 사업 계획서조차 없는 창업이 태반으로, 얼마를 투자해서 얼마의 매출을 올리고 얼마의 수익을 낼지도 계산하지 않고 창업한다. 왜 사업을 하는지에 대한 목적의식도 없이 사업을 시작한다. 그냥 좋아서, 그냥 재미로, 그냥 누가 해보라고 해서……. 그냥이라는 대답은 심각하다.

내 사업의 비전과 핵심 가치를 사업 계획서에 담아야 하는데 창업과 동시에 경영자가 되는 것이기 때문이다. 게다가 기술이 매뉴얼의 전부라고 생각하면 잘못이다. 고객 관리부터 직원 관리, 기본적인 서비스 메뉴까지 모든 것이 사업 운영 방식 안에 있어야 한다. A부터 Z까지, 시작에서 마감까지, 월초부터 월말까지, 원장에서 갓 입사한 신입 사원까지 업무 시스템이 있어야 한다.

고객 관리는 물론 직원 관리에 대한 매뉴얼 역시 꼭 준비해야 한다. 특히 직원과 고객은 이해관계로 얽힌 사람들이다. 문제가 생겼을 때 매뉴얼이 없으면 서로 오해하기 쉽다. 사업 목표에 부합하는 경영 마인드와 사업 시스템이 제대로 작동하지 않으면 오래갈 수가 없다.

넷째, 가격으로만 경쟁하는 것이다. 어쩌면 가격으로 경쟁하는 것이 가장 쉬울 수도 있다. 그러나 단순한 전략이다. 가격이 싼 A마트가 K마트와 경쟁할 때 K마트보다 비싼 제품이 있으면 차액을 준다는 마케팅을 할 수도 없다. 기술은 사람에 따라 그 질이 다르고 서비스 상품 쪽에서 자신이 만들어낼 수 있는 부가가치가 오히려 높다. 옆집이 가격을 할인했다고 해서 나도 곧바로 가격 할인으로 대응하면 속된 말로 '너 죽고 나 죽자' 식이다.

창업 기념으로 할인 행사를 하는 것은 바람직한 마케팅 방법이다. 그런데 개업 행사라는 단맛에 빠져 가격 할인의 늪에서 헤어나지 못하면 1, 2년이 지나도 개업 행사 때의 그 가격을 유지하는 꼴이 된다. 가격 인하는 쉽지만 올리는 것은 너무나 힘들다. 할인은 단기적인 경쟁에서는 이기겠지만 장기적으로 보면 성과를 낼 수 없다. 남이 하지 않는 것으로 차별화해 자신만의 경쟁력을 확보해야 한다. 오로지 가격 할인이 경쟁력과 차별화라면 결과는 불을 보듯 뻔하다.

그렇다면 망하는 사례에서 망하지 않는 방법을 찾아보자. 장기화하고 있는 팬데믹, 러시아와 우크라이나의 지루한 전쟁 등 전 세계가 장기적인 경제 침체를 앓고 있다. 이럴 때는 창업이 능사가 아니며 신중하고 철저하게 준비해야 한다. 또 창업했다면 성공적인 매장을 만들 간절함이 있어야 한다.

지금은 더욱 부지런히 공부하고 자기 이미지를 긍정적으로 암시하는 정신세계가 필요하다. 위기를 기회로 삼고 비성수기에도 극성수기처럼 운영되는 곳이 있다. 줄을 서서 번호표를 기다리는 최고 매출을 자랑하는 매장이 있다. 성공의 비결은 무엇일까? 어떻게 사업을 확장할 수 있을까?

장사 말고 사업을 하자

장사할 때는 매장 하나만 잘 돌아가면 문제가 없다고 생각한다. 모든 일을 사장이 해결하려 한다. 직원에게 업무를 위임하지 못하고 온통 매장에 매달려 있는데 사장이 없으면 매장이 안 돌아간다고 생각한다. 오늘 하루 매출만 많으면 된다고 생각한다. 매장을 가게라고 부르고 고객을 언니 혹은 어머니라고 부른다.

나도 한때 그들이 부러웠다. 압구정 로데오에서 당시 알 만한 유명 개인 브랜드가 여럿 있었다. 비싼 임대료에 적지 않은 평 수를 유지해가면서 장사를 하고 있었다. 내가 OPI KOREA 유통본부장으로 재직하던 시절, OPI 전 라인을 압구정 네일 거리에 있는 네일숍에 비치하려고 분주하게 들락거리며 원장들을 만났다. 그때와 지금 압구정 거리는 사뭇 분위기가 다르다.

어떤 원장은 사업을 확장하기도 했지만 대부분은 폐업하고 다른 일을 한다. 또 어떤 원장은 사업장을 대폭 축소해 지금은 1인숍으로 만족한다고 한다. 잘나가던 유명세는 어디로 간 것일까. 사업은 장사의 확장 형태다. 원장들을 만나면 귀에 못 박히도록 장사 말고 사업을 하라고 말한다. 장사가 아닌 사업을 하기 위해서는 무엇을 해야 할까.

첫째는 대표의 사업 철학이다. 사명과 비전, 구성원들과 하나가 되는 공통 목표가 있어야 한다. 한 친구는 유행처럼 번지던 대만 카스텔라 가게를 차렸다가 6개월 만에 손 털고 나왔다. 요즘 고객 취향에 맞춰 고급 피시방을 개업했다 코로나19로 직격탄을 맞은 동료도 있었다. 유행 아이템과 트렌드를 탐색할 시간에 사업의 철학, 즉 사명을 찾아야 한다. 일론 머스크가 '스페이스 X 프로젝트'를 발표하며 이렇게 말했다.

"인생을 걸 만한 목표나 계획이 있다면 가장 먼저 해야 할 일은 타인이 절대 대체할 수 없는 나만의 사명을 찾는 것이다. 찾다 찾다 오죽했으면 화성에 갈 생각을 했겠는가? 스페이스 X를 만들어낼 수 있는 곳은 우리밖에 없다. 성공한다면 엄청난 수익을 낼 것이고 만약 실패한다 해도 사람들은 언제나 새로운 것을 도전하는 집단으로 우릴 기억할 것이다."

그런데 이 프로젝트는 현실이 되었다. 2021년 9월 15일 스페이스 X는 크루 드래곤을 발사했다. 민간인 네 명을 태우고 지구를 열다섯 바퀴를 돌고 사흘 동안의 우주여행을 마치고 귀환했다. 나도 누구도 대체할 수 없는 나의 사업에 대한 사명을 만들어야 한다.

둘째는 끊임없이 자기 자신한테 사업과 일에 질문을 던져야 한다. 장사는 사장의 역량으로 해결할 여지가 많다. 하지만 사업은 혼자만 잘한다고 되는 것이 아니다. 경영학의 대부 피터 드러커는 사업을 하기 위한 세 가지 질문을 강조한다.

"이 시장에서 내 사업이 차지하는 시장점유율이 얼마나 되는지 알고 있는가? 다른 사람들이 미처 알아차리지 못한 독특한 기회 혹은 차별화된 아이디어가 있는가? 제품을 고객에게 전달할 수 있는 채널을 가지고 있는가?"

이 질문을 내 사업에 적용해본다. 원장들이 내게 상담을 요청할 때가 있다. 그들 말에 공감하면서도 하소연만 듣고 감정 낭비만 한 적이 꽤 많다. 그러고 나서 대응 방법을 개선했다. 질문 열 가지를 가지고 오면 함께 문제를 해결하거나 새로운 문제를 찾아주면서 답변을 해준다. 질문을 통해 문제를 해결할 뿐만 아니라 문제를 찾기 위한 질문을 하면서 미래를 구상하고 예측할 수 있는 문제점들을 찾았다.

"질문을 적다 보니 스스로 답을 찾았어요. 신기했어요."

이처럼 답을 찾기보다 질문을 찾는 편이 훨씬 더 효과적일 수 있다. 자신의 사업에 대해 질문하고 답을 찾아본다. 오늘 고객들은 만족스러운 서비스를 받았는지, 직원의 실력이 늘었는지. 이제 어떻게 경쟁력을 키울 것인지 등의 질문을 펼쳐놓고 답을 찾아야 한다.

셋째는 사업과 관련한 전문 지식을 쌓고 지속적인 학습을 게을리하지 말아야 한다. NSS 1기수 기본 과정이 끝날 무렵 이런 질문을 받았다.

"그다음은 뭘 배워요?"

그 질문이 내게 일을 만들어주었는데 심화 과정을 만드는 계기가 되었다. 생각지도 않았던 마케팅 특강을 하면서 그들에게 학습에 대한 갈증을 해소했다. 원장들은 경영 기술 세미나 독서 모임, 저자 특강 등에 참여하면서 공부의 재미를 알아갔다.

장사에서 사업으로 확장한 사업가는 독서와 배우기를 추구하고 지속적인 자기계발과 성장을 동시에 이뤄낸다. 배움과 사색으로 양 날개를 펴고 더 멀리 더 큰 세상을 향해 사업가의 꿈을 키워야 한다.

넷째, 직원 교육에 투자하고 복지 비용을 아끼지 않아야 한다. 나는 회사를 설립하고 가장 먼저 시작한 일이 세계사이버대학교와 MOU를 맺고 직원을 학생으로 만드는 일이었다. 함께 학습하고 공부하는 분위기에서 내가 추구하는 지식기술자로 가는 길을 열었다. 우리 회사는 학기마다 직원들에게 장학금을 주면서 학습을 독려하고 있다.

그 이유는 내 사명과 핵심 가치를 직원과 함께 공유하고 그들의 동기부여와 열정을 지지하기 위해서다. 고객만족경영의 경영이념을 내세우는 사업가가 내부 고객, 즉 직원조차 만족시키지 못한다면 외부 고객을 어떻게 만족시킨다는 말인가. 행복한 일터에서 즐겁게 일하는 분위기를 만들어야 한다. 보상과 성장이라는 가치를 심어준다면 그들 스스로 존재감은 물론 자존감을 높일 것이다. 나는 감히 이렇게 말하고 싶다. 장사는 혼자서도 할 수 있지만 사업은 절대 혼자 할 수 없다.

예를 들면 영등포점과 용산점 반디인하우스 두 개점을 동시에 운영하며 최고의 매출을 기록하는 마수정 가맹점주가 있다. 20평 매장을 운영하다 직원들과 힘을 모아 50평으로 확장했다. 젊고 혁신적인 사고로 직원을 대하는데 직원들에 대한 보상과 성장을 균형 있게 저울질한다. 이런 이유로 가장 많은 직원이 일해도 이직률은 가장 낮다. 점주들 사이에서 걸어 다니는 중소기업이라 불린다. 핵심 인재를 키우려면 교육과 복지가 우선돼야 한다.

호떡 장수를 외식 사업가라고 생각했고 자신의 포장마차 '꿀떡개비'를 사업장이라고 여기며 자기 일을 의미 있고 가치 있다고 믿었던 이가 있다. 본죽의 이철호 회장이다. 따지고 보면 장사를 하든 사업을 하든 각자의 마음가짐에 달려 있다. 사업장이 크고 작든, 직원이 많고 적든, 매출이 높고 낮은 것은 문제가 안 된다.

장사를 하냐 사업을 하냐는 내가 하는 일에 대한 의미와 가치를 어떻게 부여하고 자부심이 어느 정도냐에 달려 있다. 또 고객한테 만족스러운 가치를 줄 수 있다면 성공한 사업장이다. 내가 얼마나 성장하고 성숙해지기 위해 노력하느냐 따라 내 사업이 달라진다. 가맹점주와 직원, 고객을 위해 성장과 발전을 고민하는 것이 내게 주어진 숙제다. 그들에게 어떤 의미 있는 가치를 줄 것인가. 나는 진정 내일은 오늘보다 나은 사업가로 살고 싶다.

나는 어떻게 지속 성장할까?

기술로 싸우는 시대는 끝났다. 어느 정도 훈련 시간이 지나면 기술은 거의 평준화되고 만다. 이제는 프로 의식으로 지식과 경험을 쌓아야 한다. 앞서 언급했듯이 네일 아트 시장은 오래가지 않을 것이다. 그렇다면 네일 아트를 대체할 다른 무언가를 찾아야 한다. 중요한 것은 고객이 요구하는 것을 해결해주는 것으로 끝나서는 안 된다. 고객의 욕구가 무엇인지 알아내고 대안을 제시할 수 있어야 한다. 고객이 직접적으로 원하는 것은 요구가 아닌 욕구다. 프로와 아마추어의 다른 점은 아마추어는 요구를 파악하고 프로는 욕구를 해결해준다.

그리고, 매뉴얼을 만들어야 한다. 나는 면접 시나리오와 설문 안내서 매뉴얼을 이용해 핵심 인재를 채용하는 데 효과를 보고 있다. 또 안녕 시리즈로 메뉴를 만들어 매월 한두 가지씩 프로모션을 진행했다. 예를 들면, '맨손톱 안녕~, 무좀발톱 안녕~, 손주름 안녕~' 등의 익살스러운 메뉴를 보고 고객들은 피식 웃음을 터뜨리며 메뉴를 골랐다. 직원 관리 시스템과 서비스 시스템, 마케팅 시스템의 사례다.

또 하나, 공감과 소통을 중심으로 변화해야 한다. 어떤 문제를 이해한다고 해서 그 문제가 해결되는 것은 아니다. 그 문제를 이해한다고 해서 용납하고 받아들일 수 없듯 그 둘은 완전히 별개다. 일하는 직원이나 고객 중에는 밀레니엄 세대가 많다. X세대인 우리가 Y, Z세대와 어떻게 공감할 것인가. 소통하려면 먼저 공감대를 형성해야 한다.

내 아들은 BTS를 좋아한다. 나도 그들을 좋아한다. 한류 스타로 국위 선양을 하는 그들이 자랑스럽다. 나는 BTS를 거기까지만 좋아하지만 아들은 다르다. BTS 노래의 가사가 지닌 의미를 따져 부르고 뮤직비디오의 배경이나 장소까지도 알고 있다. 거의 팬클럽 '아미' 수준이다. 이런 이유로 방탄소년단을 주제로 아들과 소통하고 공감하는 이해의 폭이 매우 좁다. 내가 아들보다 그들에 대해 아는 게 없기 때문이다.

아들과 대화하기 위해서는 내가 먼저 공부해야 한다. 이처럼 경영자로서 직원이나 고객들과 공감하고 소통을 위해서는 서로 공통분모를 찾아야 한다. 또 공감과 소통을 하려면 상대가 무엇을 원하는지 알아야 한다. 1990년대생이 주 고객층으로 바뀌어 가는 상황에서 단지 내가 알고 있는 정보와 지식으로 대응하려고 하면 오류가 생길 수 있다.

그런데 잘 알지도 못하면서 아는 척하는 '꼰대'라면 지속적인 성장과는 거리가 멀다. 공감과 소통으로 변화를 끌어내고 싶다면 요즘 친구들이 사용하는 언어, 특히 그들만의 리그에서 통용되는 줄임말과 이모티콘에도 관심을 가지고 바라봐야 한다. 그래서 요즘 나는 그들만의 제3의 언어를 배우고 있다.

그런데 지속적인 성장이 말처럼 쉽지는 않다. 부단히 연구하고 노력해야 한다. 보통 네일숍의 창업을 준비하는 예비 창업자들은 겨울에 상담하고 새봄이 오면 창업 준비를 한다. 이는 불문율에 가까운데 2020년 겨울부터 2021년 초에 많은 창업 상담을 했다. 당장이라도 계약서에 도장을 찍을 것처럼 서두르는 사람도 있었고 함께 상가를 알아보러 다닌 예비 창업자도 있었다.

그러다 지난해 봄에 개점하고 싶다던 예비 창업자들이 돌연 등을 돌리기 시작했다. 알아보니 문제성 손발톱에 관한 전문 브랜드가 하나둘씩 생기면서 자리를 잡아갔고 타 브랜드에서 창업자들의 귀가 솔깃할 만한 운영 방식으로 매출을 올리고 있었다. 하지만 내게는 그런 브랜드도 제품도 없음을 인정하지 않을 수 없었다.

그즈음부터 나는 어떻게 하면 지속적으로 성장할 수 있을 것인지 고민하기 시작했다. 그 결과 배선미 대표와 양 이사와 함께 문제성 손발톱 시스템을 만들자고 결정했다. 회의를 거듭하고 논의하면서 각자 역량을 최대한 끌어모았다. 우리는 1년 특별 계획이라고 생각하고 제품과 기술 실험을 수없이 반복하며 드디어 제품에서부터 도구까지 개발하기에 이르렀다.

후발 주자임에도 불구하고 1년 6개월에 걸쳐 프로젝트를 완성하고 교육 과정도 만들었다. 2022년 4월 28일에 가맹점주들에게 첫선을 보였다. 지금은 새로운 교육 사업과 함께 제2의 성장을 꿈꾸고 있다. 점주들 역시 필요했던 부분이었다면서 반색하는 분위기였다. 그해 5월부터 본격적으로 전문 학원를 만들어 교육까지 진행하고 있다. 반디인하우스의 모든 가맹점에서는 지속적인 성장을 위해 새로운 시스템을 도입하고 제2의 도약을 향해 나아가고 있다.

최근 들어 주변을 둘러봐도 모두가 힘들다고 한다. 장기화한 팬데믹은 물론 전쟁 등의 국제적인 상황도 우리의 삶을 힘들게 하고 있다. 하지만 힘들다, 어렵다는 말만 되풀이한다면 우리의 삶은 전혀 나아질 수 없다. 이럴수록 어떻게 하면 지속적으로 성장할 수 있는지 고민해보는 시간이 필요하다. 위기를 기회로 만들고 그 안에 숨어 있는 기회를 찾아봐야 할 것이다. 오늘도 내 메모장에는 지속적인 성장을 위한 다양한 아이디어와 방법으로 빼곡하다. 계획뿐만 아니라 구체적인 그림을 그려가며 제2의 성장을 향해 오늘을 살아내고 있다.

하드웨어와 소프트웨어 다음은 휴먼웨어

불황일수록 성수기인 곳이 있으니 점집과 철학관이다. 그런데 내가 선택한 점집은 바로 서점이다. 미래와 관련한 책에서 지혜와 해답을 찾으려고 한다. 미래를 예측하는 책을 보면, 4차 산업혁명 시대에 네일아티스트는 조만간 사라지는 직업군이다. 그렇다면 나는 왜 네일 비즈니스를 하고 있으며 앞으로 어떤 혁신을 해야 하는가.

며칠 전 소비자 동향 뉴스를 보니 요지부동 농심 신라면을 제치고 오뚜기 진라면이 삼십 년 만에 시장점유율 1위를 차지했다. 상속세를 낸 기업으로 오뚜기의 기업가 정신이 고객의 마음을 흔들었다. 이제 막 맥주 시장에 올라탄 곰표 밀맥주가 하이트, 카스, 테라를 제치고 편의점 판매량 1위에 올랐다. 반디인하우스는 이제 겨우 만 2살로 3년 차다. 하지만 제대로 뒷북을 치며 시장에 뛰어들었다.

　내 전 직장 루미가넷은 200여 곳에 점포가 있고 포쉬네일 역시 업계 1, 2위를 다투고 있으며 많은 군소 브랜드가 자리를 잡아가는 와중에 우리는 출사표를 던졌다. 말 그대로 누울 자리도 여의치 않다. 하지만 판세를 뒤집을 각오를 해본다. 무엇보다 반디인하우스는 누구와도 경쟁하지 않는다. 반디인하우스의 경쟁자는 반디인하우스뿐이다. 그동안 조언을 많이 들었다.

　'왜 반디인가? 너만의 독자적인 브랜드를 만들어봐'

　그럴 때마다 나는 똑같은 대답으로 일관했다. 반디의 배선미 대표와 함께하게 된 가장 큰 계기는 트렌드를 이끌어가는 제품과 마케팅 능력 때문이었다. 그녀는 부동의 해외 브랜드를 모두 따돌리고 국내 제품으로 1위 자리를 탈환한 인물이다. 천여 종이 넘는 친환경 제품을 보유한 매력적인 하드웨어를 가지고 있다. 배선미 대표는 현재 비건 제품의 연구에 집중하고 있다.

　반면 내게는 이십여 년간 경험한 매장 관리 노하우와 교육, 관리 시스템, 미용인의 플래너 드림노트를 포함한 각종 교육교재, 뷰티잡 119, 또한, 양지연 이사의 기술 실력까지 보유한 소프트웨어를 두루 갖추고 있다.

　우리는 상대 실력을 알아보고 서로의 매력에 빠져들었다. 이렇게 하드웨어와 소프트웨어를 결합했다. 앞으로도 지속적인 연구와 개발로 성장할 것이 분명하다. 우리는 균형을 맞춰가며 평행선을 달리고 있다. 침체기 시장을 성숙기 시장으로 만들 준비를 하고 있다. 요즘 들어 세 개의 꼭짓점을 맞추어 정삼각형을 만들고 싶다고 생각한다. 또다시 도약하기 위해서는 꼭짓점 하나를 더 찍어야 한다. 바로 미래를 이끌어갈 휴먼웨어다. 미래는 사람이 주인공이기 때문이다.

그렇다면 휴먼웨어는 어떻게 채워야 할까. 요즘 내게 주어진 과제다. 요즘 들어서는 휴먼웨어가 부족하다는 생각이 든다. 그래서인지 사소한 인간관계까지 세심하게 들여다보는 습관이 생겼다. 이런 노력을 통해 정삼각형의 크기를 키워나갈 수 있으리라 믿는다. 모든 성공은 사람과의 관계에서 시작된다.

≪파리에서 도시락을 파는 여자≫의 저자 켈리 최는 사십 대 여성으로 빚더미에 올라앉았지만 칠 년 만에 한국이 아닌 파리를 비롯해 유럽 전역에 도시락 프랜차이즈 사업 켈리델리를 성공시켜 글로벌 CEO가 되었다. 물론 그녀의 성공담은 놀랍지만 내 마음을 움직였던 것은 인재를 키워내는 켈리델리의 기업 문화였다. 이 책을 처음 접했을 때 나는 직원 여덟 명과 일하는 소상공인 자영업자였다. 인재에 대한 갈증은 있었지만 나와는 상관없다고 느꼈었다. 하지만 반디인하우스를 운영하는 지금은 우리 회사에 맞는 인재, 인재를 만들어내는 시스템을 갖춘 기업 문화를 만들어야 한다. 사람을 중요하게 생각하는 사람 중심의 기업 문화를 닮고 싶다.

스타트업에 관해 말하는 사람들은 한결같이 인력을 줄이는 아이템과 시스템을 찾으라고 한다. 기계로 대체하는 사업을 찾으라고 한다. 하지만 우리는 전적으로 사람이 하는 일이고 사람이 해야만 하는 일이다. 너무 힘들어서 퇴사하겠다는 직원도 많이 봤다. 어떤 사람은 손톱에 그림만 그리면 되는 줄 알았다고 한다. 그런 직원들과 이야기를 나누면서 결론을 내렸다. 누가 네일 아트 업을 3D업종이라 말한다면 나는 그 3D를 Design, Digit, Data로 바꿔 놓으리라.

Design: 두말할 것도 없이 언제나 디자인과 싸움이다. 어떻게 창작을 할까? 다른 아이디어는 없을까? 어떻게 하면 고객한테 어울리는 독특한 디자인을 찾아줄 것인가? 이는 네일 테크니션이라면 반드시 고민해야 하는 부분이다. 숙제인 동시에 사명이다.

Digit: 본래 의미는 손가락인데 우리는 손가락으로 하는 일을 하고 있다. 미국에서 건너온 산업이지만 우리 기술력은 타의 추종을 부러워할 만큼 뛰어나다. 손가락을 움직이는 실력을 전 세계에 수출하고 있다.

Data: 우리가 하는 일뿐만 아니라 모든 산업 분야에 필요하다. 데이터를 분석하고 마이닝하고 자동화하는 것으로 비즈니스를 더욱 확장할 수 있다. 고객 데이터부터 판매 데이터, 선호도 데이터 등 다양한 데이터를 확보해야 한다. 데이터 분석을 어떻게 하느냐에 따라 사업의 성패가 달려 있다고 할 수 있다.

현재 반디인하우스는 수직 구조가 아닌 수평 구조로 직원들에게 많은 권한과 책임을 위임하고 있다. 대부분은 경력에 따라 업무를 분담하며 최소 네 명의 매니저가 각자의 업무를 진행한다. 경력이 많은 직원은 테크닉 매니저 역할을 담당하는데 테크닉뿐 아니라 새로운 제품이나 신기술을 도입할 때 교육과 실험, 피드백을 담당한다. 매월 이달의 아트 콘셉트를 잡고 아트 기획도 한다.

그 밖에 경력과 상관없이 마케팅 매니저, CS 매니저, VMD 매니저가 있다. 마케팅 매니저는 숍의 마케팅을 담당하며 SNS 마케팅부터 프로모션 기획까지 담당하고 있다. CS 매니저는 고객 관리를 최우선으로 만족도 조사 및 세세한 안내문, 쿠폰 발송 등의 역할을 담당한다. VMD 매니저는 살림꾼으로 재고 관리부터 진열, 비품 관리, 환경 관리 업무를 담당한다. 매장을 전체적으로 볼 수 있는 안목을 지녀야 한다. 이처럼 각자 주어진 업무를 충실하게 수행하고 있다.

이것이 반디인하우스의 매니저 운영 관리 방법으로 각자 책임과 권한을 가지고 자신의 역할을 책임지고 있다. 일정한 시간이 지나면 다음 업무로 순환 보직으로 이동하는데 이런 과정을 통해 매장 관리 능력을 전체적으로 익힐 수 있다. 직원들은 최종 목표로 우리 브랜드로 창업하는 것이다. 이미 두 명이나 세컨드 브랜드 큐릭스를 창업해서 운영하고 있다. 나는 그들이 정말 자랑스럽다. 행복하고 성장할 수 있는 회사를 만든다면 분명 그 안에는 히든 챔피언들이 꿈틀대고 있을 것이다. 나는 매장을 둘러볼 때 눈과 귀를 열고 직원들을 자세히 살피곤 한다. 날갯짓하며 꿈틀대는 직원이 누구인지 궁금하기 때문이다.

나는 고객은 물론 직원들도 자부할 수 있는 기업을 만들고 싶다. 사무실 책상 앞에 있는 액자에는 반디인하우스 로고와 함께 신뢰라는 글자가 적혀 있다. 그 액자를 볼 때마다 신뢰가 가진 무게를 머리와 가슴으로 지탱해나간다.

7

'高'하기 위해 GO하다

"일단, 해봐!" 곧바로 시작하는 힘!

나의 '일'에 대한 재정의, 재해석!

따라 하기, 모방하기, 응용하기

'꾸답 프로젝트'

멘탈만큼은 금수저

나는 또다시 도전한다

"일단, 해봐!" 곧바로 시작하는 힘!

가끔 남편과 말다툼을 한다. '일단, 해봐!', '일단, 알아봐!'라고 무턱대고 내뱉는 나의 말버릇 때문이다. 즉흥적이고 도전적인 나의 성격에 반해 남편은 우유부단하다는 소리를 들을 만큼 진중하고 신중한 편이다.

'이런 아이디어 어때? 신박하지 않아?' 몇 번 스쳐 지나가듯 이런 말을 한 적이 있다. 남편은 검색기를 찾아보고 지인들을 통해 알아본 모양이다. 한참 지나 남편이 장황하게 설명한다. 그러면 나는 '결론부터 먼저 말해봐.'라며 남편의 말을 뚝 잘라버린다. 그러고는 '그래? 그럼 어쩔 수 없지!'라고 답한 적이 꽤 있다.

그럴 때마다 남편은 일단 저지르고 보는 식의 태도와 말투에 불만을 표시하곤 했다. 남편은 내가 신중하지 못하다고 불만을 토로하지만 나는 '일단, 시작!' 덕분에 도전 아닌 도전을 한 적이 많다. 내게 있어 '일단, 해봐!'는 결심하고 결단하는 데 쓰는 심리적 비용을 줄여주었다.

중학교 2학년 때의 일이다. 학교 게시판에 전국백일장에 출전할 학생을 선발한다는 공고가 붙었다. 햇살 좋은 가을, 성균관대학교 명륜관에서 전국백일장이 열린다는 내용이었다. 수업도 빼먹고 성남에 사는 수줍은 소녀가 성균관대학교 캠퍼스를 상상하니 가고 싶은 욕구가 치솟았다. '일단, 해보자!'는 식으로 교내 심사 기준으로 원고지 20장을 써냈다. 며칠 후 국어 선생님의 지도 아래 학교 대표로 전국백일장에 나가는 기회를 얻었다.

내가 글을 잘 써서가 아니라 신청자가 몇 명 없는 데다 딱히 추천할 만한 학생이 없었다고 했다. 백일장 대회장으로 가는 길에 국어 선생님으로부터 이런 이야기를 들었다. 어쨌거나 내 목표는 가을 하늘 명륜관 은행나무 아래서 실컷 콧바람 흥얼대며 놀고 싶은 마음뿐이었으니 아무래도 좋았다. 일찌감치 원고를 써내고 대학 캠퍼스를 다람쥐처럼 돌아다니며 구경했던 기억이 있다. 한 달은 족히 친구들로부터 부러움을 샀다. 백일장 에피소드로 으스대며 자랑거리로 삼았다.

≪주니어≫ 학생 잡지는 고등학교 여학생들 사이에서 유명했다. 연예인 책받침을 모아 서로 자랑하던 그 당시 나는 가수 김건모에 푹 빠져 답장 없는 팬레터를 쓴 적도 있다. 어느 날 ≪주니어≫ 잡지의 앞장을 펼치자 '학생기자 모집'이라는 큰 글씨가 눈에 들어왔다. 특혜는 1년간 정기구독 무료, 콘서트가 있을 시 기자와 동행,

연예인 인터뷰 동행 등 동공이 심하게 흔들리고 가슴이 쿵쾅거렸다. 곧바로 원고지 열 장에 자기소개서와 학교 자랑을 취재하는 기사를 잡지사 편집실로 보냈다. 당당히 전국 주니어 학생기자단 20명에 선정되었다. 그때 역시 '일단, 해봐!'라는 나의 단순한 뇌 작동 덕분에 친구들한테 으쓱대며 잡지를 빌려주곤 했다. 덕분에 한 달에 한 번 이상 취재 활동이라며 교외 활동을 할 수 있었다.

당시 최고의 남성 댄스 그룹 소방차와 꿈에 그리던 가수 김건모를 먼발치에서 볼 수 있었던 건 기적에 가까운 일이었다. 토요일에는 학교에 남아 자율 학습을 하는 친구들이 사인을 받아달라며 졸라댔다. 같이 가고 싶다는 절실한 눈빛이 보냈지만 잘난 척을 해대며 무시했다.

아무래도 아빠를 닮은 게 틀림없다. 어쩜 그렇게 노래도 못하고 춤도 못 추는지. 고등학교 2학년 때 박혜성이라는 가수의 '경아'라는 유행가가 있었다. 수학 시간에 졸고 있는 친구들이 보이면 선생님은 괜스레 나를 지목하며 노래 '경아'를 부르라고 했다. 당시 수학 최고 문제집 ≪수학의 정석≫을 옆에 끼고 쩔쩔매고 있는데 나보고 노래를 부르라니. 우물쭈물하다가 '일단, 해봐!'라는 신호가 뇌에 들어왔다. 노래를 불러 재꼈다. 처음엔 진짜로 졸고 있던 친구들 눈이 휘둥그레지며 책상을 두드리고 박장대소를 했다. 나 하나 희생해서 우리 반이 즐겁고 수학 성적이 오르면 괜찮다.

운동장에 '그대에게' 응원가가 울려 퍼진다. 생각할 때마다 우습기 짝이 없다. 대학 때 신입생 환영이라며 각 동아리 임원들은 신입생 유치 경쟁을 한다. 내가 하고 싶은 동아리가 딱 눈에 들어왔다. 스스로 몸치인걸 알면서도 대학응원단 동아리에 들어가고 싶어 동아리 방을 몇 번이나 기웃거렸다. 물론 결과를 뻔히 알지만 어떻게 해서라도 찍어둔 선배를 한번 볼 수 있을까 하는 다른 속셈이었다. 젯밥에 관심이 더 많았다. 신입생 '박경아'는 탈락할 걸 알면서도 신청서를 냈다. 생각하고 고민하며 에너지를 쓰는 시간에 먼저 움직여보고 판단하기로 했다. 동아리 방으로 찾아갔다. 그 선배는 아주 근사했다. 훤칠한 키에 청바지가 잘 어울리는 선배였다.

어려서부터 사람 욕심이 있었나 보다. 언제나 꼭 친구로 만들고 말거야 하고 먼저 친구를 찜했다. 영화를 즐기는 친구, 책을 좋아하는 친구, 공부를 잘하는 친구 등. 그 선배 역시 나에게 찜 당했다. 음악과 함께 나의 응원 동작이 시작되자 고개를 절레절레 흔드는 모습이 동아리 연습실 거울에 비쳤다. 창피한 얼굴로 고개를 푹 숙이고 동아리 방을 나왔다. 우스꽝스러운 추억이다. 그래도 찜한 선배와 충무로에서 고갈비를 뜯고 장충동 족발집에서 콜라겐 덩어리를 먹을 수 있었다. 선배를 통해 응원단 동아리 활동 소식은 끊임없이 들었다. '일단, 해봐!' 하는 밀어붙이기 전략은 연애 사업에도 통했다. 목적은 거기에 있었다. 남편 역시 내가 먼저 문자를 보내고 첫 만남이 결혼까지 이루어진 걸 보면 '일단, 해보는 거야!' 전략은 꽤 승률이 높은 편으로 기록되고 있다.

마음먹은 일은 거침없이 행동으로 옮겼다. 다행스럽게도 성공을 거둔 일들이 많았다. 순간순간 삶에 탄력이 붙는 계기가 되기도 했다. 가끔 귀찮고 하기 싫어 미루는 일들은 대게 10분에서 20분 정도 투자하면 할 수 있는 일이 많다. 하기 싫어서 변명과 핑계를 찾는다. 할까? 말까? 고민하는 심적 갈등은 불필요한 심리적 비용이다. 빨리 해치우고 긍정적인 심리적 안정을 취하는 편이 훨씬 낫다. 난 매번 그걸 선택했다. 사유연구가 류이웨이핑의 말을 빗대자면 하기 싫은 일을 하는 시간을 '어둠의 시간'이라고 표현했다. 그는 어둠의 시간을 그냥 보낼 것이 아니라 다음을 구상하고 계획을 세우라 했다. 예를 들면, 설거지를 하거나 빨래를 개키는 시간에 다음 일을 생각하는 것이다. 그 시간에 단순한 행동을 하지만 탁월한 아이디어가 나올 때가 있다. '일단, 해봐!'는 일종의 어둠의 시간을 현명하게 활용하는 나만의 방법이다. 완벽한 준비는 없으니까. 지금 시작!

무엇이든 마음먹은 일은 즉시 실행해 보는 거다. 바로 지금 시작하면 된다. 우물쭈물 망설일 시간에 일단 시작하는 힘이 용수철처럼 튀어 오르면 그 에너지는 폭발적으로 발생한다. 그 에너지의 쾌감을 알게 되었다. 지금도. 도파민 호르몬의 전율이 내 몸 가득할 때 무식한 용기가 자신감으로 변한다는 사실을 알게 되었다. 도자기를 굽는 매 순간 모양이 다르다. 완벽한 구상은 없다. 실행 과정에서 현실성이 떨어지면 실행 전략을 바꾸면 된다. 일단, 시작하고 또다시 수정하면서 만들어가면 된다. 시작과 수정을 반복한다. 난 이걸 '작은 도전과 실행'이라 부른다.

나의 '일'에 대한 재정의, 재해석!

'그게 되겠어?'

이 일을 시작할 당시에는 사람들이 반신반의하는 눈빛을 보내왔다. 손톱장이로 산 지 이십삼 년 차다. 이십 년 넘게 일해온 내 '직업'에 대해 사전적 의미가 아닌 나만의 언어로 재정의하고 싶었다. 내 일을 통해 영향력 있는 단어들을 재해석하고 싶은 지적 호기심이 발동했다. 나 스스로 재정의하면서 내 '일'의 기준점을 찾을 수 있었다. 기준점에서 멀어지고 싶어도 도망갈 수 없게 되었다.

손톱

손톱장이로 인생의 반을 살아온 셈이다. 앞으로도 그렇게 할 생각이다. 손톱의 사전적 의미는 손가락 끝에 있는 피부가 각화된 딱딱하고 얇은 조각으로, 살을 보호하기 위한 피부조직이다. 지극히 생물학적인 접근이다. 손톱 자체로는 신체에서 큰 역할을 하지 않는 것처럼 보이지만 손톱은 손끝을 보호하고 물건을 집는 역할을 한다.

이십오 년 전 네일 아트가 뷰티 시장으로 들어오기 시작하면서 뷰티 산업에 속하게 되었고 K-뷰티를 알리는 핵심 요소가 되었다. 내 시각으로 본 손톱을 재정의하면 이렇다.

첫째, 손톱은 건강을 알리는 리트머스 시험지다. 하루에 족히 열 명 이상의 고객을 만나다 보니 그들의 손톱과 발톱을 보게 된다. 손톱의 상태가 신체의 징후를 말해주는 경우를 자주 목격한다. 면역력이 떨어지면 손톱이 갈라지거나 부러지는 현상이 생긴다. 손톱 무좀이 생기면 손톱 색깔이 리트머스 시험지의 청색으로 변하듯 청록색으로 변하기도 한다. 몸에 단백질과 칼슘이 부족하면 손톱이 세로로 갈라지는 현상이 나타난다. 선홍색 손톱 색깔이 누런색으로 변해 있다면 지금 건강 상태는 적신호다. 보기만 해도 고객의 건강 상태를 짐작할 수 있을 만큼 예민하니 손톱 발톱은 우리 몸의 시험지인 셈이다.

둘째, 아름다움의 화룡점정이다. 매월 5일은 반디인하우스가 진행하는 엄마와 함께하는 어린이날이다. 10세 이하 어린이가 엄마와 함께 오면 무료로 관리를 받을 수 있다. 이날은 아침부터 저녁까지 줄지어 어린이 고객들이 자연스럽게 테이블에 앉는다.

"네일 아트 해주세요."

내가 중고등학교에 다닐 때 네일 아트라는 게 있었나 싶게 기억이 가물가물한데 유치원 꼬마들이 자연스럽게 네일 아트를 알고 있는 걸 보면 이제는 완전히 일상 속으로 들어와 있는 게 분명하다. 기원전 3000년 전부터 네일 아트를 했었다는 기록을 보면 손톱은 가장 청결하고 순수를 표현한 '아름다움의 화룡점정'이다.

셋째, 작은 사치로 소확행을 누리는 여자들의 여유다. 해보지 않으면 모른다. 네일 아트를 사치라고 하는 건 잘 모르는 남성들과 나이 많은 '꼰대'들뿐이다. 사치라고 해도 행복하면 된다. 가끔 고객들은 말한다.

"너무 피곤한데 잠깐 네일하면서 쉬러 왔어요."

"우울할 때 빨간색 네일을 보면 기분이 좋아져요."

네일 아트를 하면서 행복함과 즐거움을 발견한다면 그 가치는 충분하다. 네일 아트의 소소한 즐거움을 경험해보지 못했다면 이제라도 늦지 않았다. 직접 해보면 안다.

고객

"당신에게 고객이란 어떤 존재인가요? 고객의 의미는 무엇인가요?"

나는 이 질문을 수없이 많이 해왔다. 그러면 수강생들은 대부분 이렇게 대답한다.

"고객은 왕입니다."
"고객은 돈을 주는 사람입니다."
"고객은 우리를 찾아주는 사람입니다."

나는 고객을 이렇게 재정의한다.

첫째, 고객은 나를 성장시켜주는 사람이다. 우리 숍에서 있었던 일이다. 그녀는 단골로 나오는 4년 정도 인연이다. 그녀는 청바지 온라인 도매 사이트를 운영하고 있는데 이월 상품이거나 약간 하자가 있어 판매가 어려운 제품을 직원들한테 기부하기도 했다. 그래서 우리는 그녀를 청바지 고객이라 불렀다.

하루는 청바지 고객이 손톱과 발톱 케어를 하러 왔다. 너무나 익숙하고 친한 고객이라 우리 매장으로 처음 지원을 나온 직원한테 발 케어를 맡겼다. 지원 나온 직원은 경력자였지만 우리 제품을 처음 사용하고 도구도 자기 것이 아니었기 때문에 조금 당황했는지 제대로 실력 발휘를 하지 못했다. 청바지 고객도 처음 본 직원 시술이 괜찮다고는 했지만 만족스럽지 않은 눈치였다. 내가 이렇게 말했다.

"정말 죄송합니다. 경력이 있는 직원이라 잘할 거로 생각했는데…… 시간이 괜찮으시면 다시 해드릴게요."

"시간도 괜찮고 다시 해주면 좋겠지만 제가 너무 까다롭게 하는 건 아닌가요?"

시술을 마치고 나서 나는 휴대용 로션을 선물로 주었다. 청바지 고객은 오히려 미안해하더니 30분 정도 지나 간식이라며 빵을 사다 주었다. 나는 그날의 에피소드를 통해 고객은 늘 고마운 사람이라고 느꼈다. 우리 기술은 고객을 통해 성장한다. 기술뿐 아니라 다른 고객과의 관계도 성장한다. 고객과 만나면서 숍도 나도 함께 성장하고 있음을 느낀다. 또 그러한 성장은 성과로 이어지기 마련이다.

둘째, 고객은 최고의 서비스와 가치를 누리는 사람이다. 2019년 12월부터 새로운 사업을 시작했다. 반디인하우스 브랜드를 걸고 네일숍 프랜차이즈 가맹 사업을 시작한 지금, 두 곳의 직영점과 열일곱 곳의 가맹점을 운영하고 있다. 사업을 시작하면서 고객 생각을 끊임없이 해왔다. 어떻게 하면 가성비와 가심비를 동시에 만족시킬 수 있을까? 어떻게 하면 다른 숍과 차별된 감동을 줄 수 있을까? 어떻게 하면 고객에게 특별한 가치를 줄 수 있을까? 지금도 늘 고민하고 있다.

어느 모임에서 알게 된 모 대표는 고객의 소리를 최우선으로 생각하고 일어나자마자 고객 리뷰를 확인하는 것으로 아침을 시작한다고 한다. 나 역시 사업을 시작하면서 나의 브랜드를 찾아주는 고객들이 최고의 서비스와 가치를 누릴 수 있도록 해야겠다고 다짐했다.

우리는 매장을 방문하는 모든 고객에게 고객 만족도 설문 조사를 한다. 좋은 반응도 있겠지만 개선이 필요하거나 불만 사항도 적혀 있다. 설문 조사를 하는 이유는 고객 소리를 직접 듣고 점주와 가맹본부가 직접 해결하려는 의도다. 이런 제도를 통해 우리가 미처 생각하지 못한 사소한 문제점을 찾아내기도 한다.

코로나19로 음료 서비스가 중단되면서 테이크아웃 서비스로 바꾸고 반디인하우스만의 굿즈 상품을 선보이기도 했다. 점주들과는 매월 점주 회의를 통해 배움의 장을 마련하고 있다. 재무, 노무, 세무 등 경영 전반에 걸쳐 학습하며 경영자의 길을 가도록 돕고 있다. 직원들 가운데 핵심 인재를 선정하여 깜짝 선물 상자도 보낸다. 이런 다양한 제도와 운영 방식을 통해 직원들한테 감동을 주고 동기부여를 한다.

나는 나 자신을 제외한 모든 사람이 고객이라는 생각으로 일하고 있다. 또 고객이 누리는 최고의 서비스와 가치가 우리 반디인하우스에 최상의 성과를 가져다줄 거라고 믿고 있다.

사장

한 점주로부터 이른 아침에 전화가 걸려왔다. 직원이 미열이 있는데 출근을 시켜도 될지 판단이 안 서는 모양이었다. 직원은 괜찮다고 하는데 걱정이 된다는 것이다. 아니 그런 것까지 나한테 물어보나 싶었지만 좀 더 생각해보니 그럴 수도 있겠다 싶었다. 2021년 5월경에 있었던 일이니 코로나19가 2차 확산이 빠르게 진행되던 상황이었다.

"글쎄요, 열이 얼마나 나는데요?"

"37.3도요 질병본부에서는 37.5도가 넘어야 검사를 받아준대요. 직원의 엄마도 열이 난다고 하네요."

"하루 이틀 정도 미열이 떨어지는지 지켜보고 출근을 안 시키는 게 좋지 않을까요? 혹시 모르니 서로 조심하는 게 좋겠죠. 지금은 각자 행동 방역을 할 수밖에 없어요."

사장은 사업장에서 일어나는 모든 일을 매일 선택하고 결정해야 한다. 같이 일하는 사람들은 이렇게 사소한 문제마저 사장에게 결정을 위임하고 싶어 한다. 그렇다면 사장이란 어떤 존재일까.

사장이란, 책임과 권한을 가지고 자기 일에서 성과를 만들어 내는 사람이다. 창업하는 순간 누구나 자연스럽게 사장이 된다. 곧바로 호칭이 바뀌는데 네일숍도 예외가 아니다. 직원으로 6개월을 일했든, 1년을 일했든 창업을 하게 되면 사람들이 원장으로 불러주기를 바라고 곧바로 원장이 된다. 그렇다고 누가 원장이라는 자격증을 주는 것도 아니다. 언젠가 창업을 문의하는 전화가 왔다.

"강남에 네일숍과 속눈썹, 반영구 눈썹 문신을 모두 할 수 있는 토털숍을 오픈하고 싶은데 그곳의 운영 시스템에 대해 알 수 있을까요?"

지극히 평범한 질문이다. 가끔은 경쟁사로부터 전화 상담을 받는 듯한 기분이 들기도 하지만 혹시나 하는 마음에서 물었다.

"선생님께서 창업 준비를 하시는 건가요? 자격증은 있으신 거죠?"

"아니요. 내 딸아이를 창업을 시켜주려고요. 딸아이가 전화로 알아봐달라고 해서요."

딸은 스물두 살로 올해 미용대학을 졸업해서 미용 면허증을 가지고 있고 6개월 정도 강남에 있는 숍에서 일했다고 한다. 강남의 대형 숍에서 일하다 보니 너무 늦게 끝나고 끼니도 제대로 챙겨 먹지 못해서 그만두었다는 것이다. 너무 힘들어 창업하고 싶다고 했다. 원장이 되면 직원들한테 일을 시키면 되니까 창업을 알아보다 우리 브랜드에 전화 문의를 한 것이다.

전화하신 분은 강남의 상권 분석을 요청하면서 가맹에 대한 의지를 내보였다. 나는 이런저런 설명을 하고 나서 그분께 정중하게 말씀드렸다.

"어머니, 스물두 살에 원장이 되면 생각처럼 편할까요? 따님보다 나이가 많은 고객들을 잘 관리할 수 있을까요? 직원들도 따님보다 훨씬 더 나이가 많을 텐데 더구나 어머니가 직원들을 부린다고 말씀하시는데 그렇게 할 수 있을까요? 6개월 정도 일했으면 이제 막 수습 딱지를 뗐을 텐데 아무래도 아직은 실력이 부족하지 않을까요?"

미안하리만치 부정적인 대화가 이어졌다. 그런데 사실이었다. 나 역시 스물두 살 원장을 상대하는 일이 왠지 버겁게 느껴졌다. 그녀를 무시해서가 아니라 그 나이는 사회적 경험과 지식을 더 쌓아야 하기 때문이다. 숍만 연다고 원장이 되지 않는다. 내가 그렇게 설명해도 어머니가 다시 질문한다.

"우리 딸애가 붙임성도 좋고 일하던 곳에서도 잘한다는 얘기도 들었어요. 어려운 부분은 내가 옆에서 도와주면 안 될까요?"

"죄송합니다, 어머니. 아직은 기회가 많으니까 현장에서 경험과 실력을 쌓는 것이 중요할 것 같습니다. 저희 브랜드는 점주 자격 심사가 있는데 따님은 아무래도 적합하지 않을 것 같습니다. 죄송합니다."

나는 그렇게 말하고 전화를 끊었다. 전화를 끊고 나서 잠시 아무 생각도 하지 않았다. 그 어머니는 딸이 성공할 거라 믿고 창업을 시키려는 것일까. 22세를 무시해서가 아니라 6개월 경험으로 대형 멀티숍을 운영한다는 게 가능할까? 그 나이에 창업을 꿈꾸는 자신감은 좋은데 그 딸은 직장 생활이 힘들어서 창업하겠다는 것 아닌가.

기술이 전부가 아니다. 기술을 받쳐줄 수 있는 이론적인 지식이 있어야 하고 그 지식과 기술을 활용할 수 있는 실력이 있어야 한다. 그 실력을 쌓아서 경력을 만들고 그런 다음 경영자가 되는 것이다. 지식기술경영자로 성장하는 원장이 돼야만 제대로 된 관리와 통제로 문제를 해결하며 성과를 만들어낼 수 있다. 사장은 많은 경험을 통해 어려운 문제를 해결할 수 있어야 하며 그 안에서 자신만의 솔루션 비법, 즉 노하우를 개발해야 한다. 사장은 책임과 권한을 가지고 자기 일에서 성과를 만들어내는 사람이다.

이 외에도 재정의할 항목은 많다. 예를 들면, 직원은 단순한 인간관계 이전에 협업 관계와 이해관계의 파트너이다. 윈윈은 모두가 이기는 게임을 하고 서로 승리하는 것이다. 서비스는 고객이 바라는 것을 적절한 시기에 원하는 대로 해주는 것이다. 면접은 서로 만나서 언행이나 태도를 보고 파트너로 일할 수 있는지 판단하는 만남이다. 친절은 이타적인 마음으로 상대를 기분 좋게 만든 것이다. 노쇼는 상대의 시간과 자원을 아무렇지 않게 도둑질하는 것이다.

이처럼 사회적 경험을 통해 내 나름의 재정의와 재해석이 가능했다. 뷰티경영연구소 블로그에 약 25편의 재정의 용어가 설명되어 있다. 우리는 세상을, 상대를, 사물을 객관적으로 바라보는 시각이 필요하다. 나는 이처럼 재정의, 재해석하는 과정을 거듭하면서 앞만 바라보는 것이 아니라 거울의 뒷모습까지도 바라볼 수 있는 여유가 생겼다. 사고를 확장하는 데도 도움이 되었다. 그러다 보니 행동을 확장할 기회가 왔고 그 기회를 사업으로 이어나갈 수 있었다.

내가 재정의한 많은 일이 그랬다. 손톱을 재정의하면서 문제성 손발톱 시장을 들여다보자 큐릭스 브랜드가 탄생했다. 고객의 재정의를 통해 고객에게 세세한 서비스도 놓치지 않는 수단을 만들 수 있었다. 사장을 재정의하면서 점점 브랜드 인지도를 높여가며 서비스 자동화 시스템을 만들고 있다. 면접을 재정의하면서 면접 시나리오와 면접 안내 설문지를 만들었다.

따라 하기, 모방하기, 응용하기

　스물아홉 살 때, 나는 이십 대 마지막 여름휴가를 계획하고 있었다. 서른이 되기 전에 하고 싶은 여행을 하고 이십 대에 반드시 해야 하는 목록을 정리했다. 그리고 내가 서른 살이 되면 무엇을 하고 싶은지 고민할 때였다. 우연히 메일 한 통이 눈에 들어왔다. 1박 2일로 여성경제인협회에서 여성 CEO들과 중소기업 이상의 여성 임원이 모여 '여성경제인 워크숍'을 진행한다는 내용이었다.

　조직의 목표 관리와 전략 기술 등에 관한 교육 일정이 빼곡한 1박 2일 일정표가 눈에 들어왔다. 내 휴가 기간과 딱 맞아떨어졌다. 즉시 참가 신청서를 보냈다. 그런데 며칠이 지나도 답신이 오지 않았다. 그래서 직접 전화를 걸어 확인했다. 이럴 수가, 나는 참가 자격 조건에 해당하지 않았다. 나이도 그렇고 여성 CEO도 아니고 그렇다고 임원도 아닌 중소기업의 대리에 불과했으니.

하지만 나는 간곡하게 부탁했다. 지금은 아니지만 추후 여성 경제인으로 성장할 테니 참가할 기회를 달라고 했다. 주최 측에서는 어렵게 참석을 허용했다. 당시 최고의 강사였던 이영권 박사를 직접 만나는 행운도 얻었다. '세계 여성 경제인'이라는 강의를 듣고 열정을 한껏 품었다.

많은 여성 경제인을 만났는데 그중에서도 세 분이 기억난다. 대리 직함으로 참석한 내 눈에 그녀들은 이미 성공한 CEO였다. 말이나 행동에서 책임 있는 관리자의 모습이 눈과 머리에 박혔다.

같은 조에서 만난 선배 한 분은 네이버에서 콘텐츠 전략을 담당하는 고위직 관리자였다. 나에게 블로그를 해보라고 적극적으로 권장했는데 솔직히 블로그는 들어보긴 했어도 어떻게 접근해야 하는지조차 몰랐다. 그녀는 내가 특별한 콘텐츠를 가지고 있으니 블로그를 추천한다고 했다. 네이버 블로그의 위력을 그 당시에는 알리 없었다.

또 기억나는 선배는 유튜브 기획자였다. 우리나라에 유튜브라는 매체가 들어온 지 얼마 안 되었는데 그 선배 역시 네일 아트를 유튜브 영상으로 올리라고 했다. 유튜브가 뭔지도 모르는 나한테 무조건 해보면 승산이 보인다며 확신이 가득한 눈빛으로 말했다. 그녀의 눈빛을 십 년이 더 지난 후에야 깨닫는다.

세 번째는 종로에서 여성인력개발원을 운영하는 원장이었다. 좋은 기술을 갖고 있으니 재능기부를 한번 해보면 어떻겠냐고 제안했다. 그분 덕분에 여성인력개발원에서 봉사 활동을 했다. 가족이나 친지에게 성폭력을 당한 십 대, 이십 대 여성을 대상으로 취업의 기회를 주고자 하는 프로그램이었다. 그녀들은 하나같이 진중한 표정으로 말을 쉽게 꺼내지 않았다. 농담에도 잘 웃지도 않아 수업 분위기가 딱딱했지만 시간이 지나면서 여자와 여자로 이해할 수 있는 교감이 있었다. 그렇게 나의 스물아홉 살 크리스마스는 그녀들과 피자 파티를 하며 보람차게 마무리할 수 있었다.

지금 돌아보면 가끔 후회되기도 한다. 왜 그때 블로그를 시도하지 않았을까. 왜 그때 유튜브를 시작하지 않았을까. 아무리 좋은 기회가 와도 내 것으로 만들지 못하면 무용지물이 되고 만다. 그 선배들이 조언해주는 대로 했더라면 그들과 지금도 인연이 이어졌을지도 모른다. 어쩌면 파워 블로거가 돼 있거나 별 다섯 개의 유튜버가 되어 있을지도 모르겠다.

설사 유명해지지는 않았더라도 그 당시에 시작했다면 큰 자산으로 쌓여 있을 게 분명하다. 나는 2015년에 블로그를 시작했고 유튜브는 2018년에 시작했다. 물론 내 블로그 뷰티경영연구소나 유튜브 네일쇼쇼쇼가 대형 채널은 아니지만 꾸준히 관리하고 있다.

내 유튜브를 보고 소상공인진흥원 지식배움터에서 연락이 왔다. 네일숍의 생존 전략에 관해 강의해달라고 했다. 또 여러 미용 대학에서 특강 요청이 온다. 이런 활동이다. 지금이라도 씨앗을 뿌린다고 생각하면 절대 늦지 않다. 씨를 뿌리는 작업은 열매가 날 때까지 진행형이기 때문이다.

김형환 교수가 진행하는 1인 기업을 수강한 적이 있는데 이 수업은 재수강을 원하면 무제한으로 무료 수강이 가능하다. 나 역시 원장들을 대상으로 강의하고 있었기에 부지런히 경영 수업을 쫓아다니며 공부할 때였다. 그때 내 수업을 재수강하기를 원하면 과목별 가격을 어떻게 책정할지 고민하고 있었다. 하지만 결론은 김형환 교수를 따라 무료로 진행하기로 했다. 그로 인한 파급 효과는 대단했다. 손쉽게 수강생을 모집할 수 있었고 지금까지 15기 수료를 마쳤다.

모르면 따라 하는 것도 방법이다. 그렇게 따라 하다 보면 분명 나만의 방법을 찾게 된다. 재수강을 무료로 하고 다양한 특강 교육 프로그램을 더 많이 개발했다. 이렇게 나는 따라 하고 응용하고 내게 맞는 것을 찾아 적용하는 방법을 배워가고 있다.

따라 하는 것이 꼭 나쁜 것은 아니다. 지금 누군가의 무엇을 따라 하고 있는가? 부자가 되고 싶으면 부자가 하는 행동을 따라 하고 성공하고 싶으면 성공한 사람들의 행동을 따라 하면 된다. 지금 당장 부자가 될 수는 없지만 지금 당장 따라 할 수는 있다. 지금 당장 성공할 수는 없지만 성공한 사람을 보고 똑같이 따라 할 수는 있다.

세상 모든 사람은 스승이 아닌 사람이 없다. 바로 내 옆에 있는 사람에게서 배울 수 있는 것을 따라 해보자. 한층 발전한 나를 만날 수 있다. 견현사제(見賢思齊). 훌륭한 사람을 만나면 나도 그런 사람이 되기를 희망하고 따라 해본다.

❀

'꾸답 프로젝트'

　4년째 '꾸답 프로젝트' 단체 대화방을 운영하고 있다. '꾸준한 게 답이다'라는 말의 앞 글자만 따서 각자 365일 동안 매일매일 습관 만들기를 목표로 설정하고 단체 대화방에 인증하는 형식이다. 다섯 가지의 꾸답은 매일 독서 후 필사 인증, 매일 하루 운동인 '오하운', 매일 인스타, 매일 새벽 기상, 매일 '감사칭찬일기' 등 다섯 가지 인증으로 구성돼 있다. 끝까지 같이 하는 사람이 총 열두 명 정도밖에 안 되는데, 올해 1월에는 참여 인원이 백오십 명을 넘었었다.

　습관으로 몰입할 수 있는 일을 정해 매일 꾸준히 실행하는 특별 계획이다. 작심삼일까지는 허용되므로 다시 실행하면 꾸답방에 살아남을 수 있지만 3일이 넘어서도 실행하지 않으면 강제 퇴장당한다. 많은 사람이 초반에 강제 퇴장당했다. 첫해에 세 명, 다음 해에 다섯 명, 지난해 일곱 명이 살아남았다.

운동화 끈을 매는 것은 쉽게 할 수 있었다. 하지만 신발장에서 운동화를 꺼내는 무게는 운동화 끈을 매는 것보다 힘이 몇 배나 드는 것 같았다. 옷방에 걸려 있는 원피스가 지난해 한 번도 세상 밖으로 나오지 못했다. 지난해 봄부터 자고 일어나면 몸이 퉁퉁 붓는 듯했다. 유난히 피곤함도 몰려왔는데 몸 상태가 이상하다.

검진 결과 고혈압에 고지혈증, 갑상샘 저하증까지 나왔다. 그때부터 운동하기로 마음먹었다. 작년부터 여성이든 남성이든 보디 프로필이 유행이다. 2021년 코리안 트렌드 중 하나인 '오하운(오늘 하루 운동 30분)'을 습관처럼 유지하고 있다. 일주일에 서너 번 이상 운동을 하고 있다.

꾸답 프로젝트로 가장 덕을 본 사람은 나일 것이다. 그 후 고지혈증약은 6개월 만에 중단했고 혈압약과 갑상샘 저하증약도 지금 모두 쓰레기통으로 향했다. 내 몸이 나를 배신할까 두려워 내 몸을 돌보고 있다. 몸이 먼저다. 지난해부터 몸을 건강하게 만들어 보디 프로필을 찍는 직원에게는 그 비용을 내가 보상해준다고 공약했다. 그러자 한 직원이 지난 구월에 세상에서 가장 멋진 보디 프로필을 찍어 보냈다. 그것이 나비 효과가 되어 몇몇 직원도 같은 도전을 하고 있다. 다른 직원도 지난해 십이월에 보디 프로필을 찍었고 올해는 십이월에 열리는 마라톤 대회에 직원들과 함께 도전하고 있다.

줌바 댄스를 시작한 지 일 년이 넘었다. 몸치가 이제는 웨이브도 좀 한다. 윗몸일으키기 열 개도 못 했던 내가 이제 백 개는 거뜬히 할 수 있다.

새벽이야말로 누구한테도 방해받지 않는 시간이다. 그 시간만큼은 핸드폰도 조용히 잠을 잔다. 매일 여섯 시경에 일어나서 양치하고 물 삼백 밀리리터와 함께 유산균을 먹는 일도 습관이 되었다. 그러고는 책상으로 돌아와 모닝 독서를 한 후 필사를 시작한다. 필사한 지는 일 년이 넘었는데 고전 인문학을 읽고 필사하고 싶은 생각에 ≪손자병법≫, ≪사기≫, ≪장자≫를 읽고 필사를 마쳤다. 지난해 말부터는 ≪논어≫를 1강 1독 하는 중이다. 2000년 전의 가르침이지만 지혜를 얻고 배운다.

그 후 오늘 해야 하는 일에 대한 계획표 작성과 감사 일기를 쓴다. 그러면 일곱 시 정도 되는데 운동화 끈을 조이고 헬스장으로 간다. 유산소운동과 근력운동을 번갈아 하는 것이 내 일과다. 러닝머신을 걷고 뛸 때면 글로벌 경제 뉴스와 한국 경제 뉴스를 유튜브로 보는 일도 **빼놓지** 않는다.

이 모든 것이 나를 위한 시간으로 꾸답 프로젝트 안에서 성실하게 과제를 수행하는 중이다. 매일 밤 자정 전까지 그날의 인생 사진을 SNS에 게시하는 일까지 하면 그날 꾸답은 마무리된다. 일주일에 한 번씩은 전 가맹점주와 공통 주제로 블로그 포스팅을 하는 루틴도 있다. 블로그가 익숙해지면 유튜브 게시도 할 계획이다. 꾸준함이 답이라는 걸 알고 있다. 함께 하면 더 멀리 가는 힘을 발휘한다는 것도 알고 있다. 반복의 힘이 얼마나 강력한지 알고 있기에 '꾸답 프로젝트'를 쉽사리 포기하지 못한다.

멘탈만큼은 금수저

　헌법재판소 항소가 있는 날이다. 난생처음 가게 되었는데 죄도 안 지었지만 떨리고 무서웠다. 7~8년 전 네일 자격증이 민간자격증에서 국가자격증으로 바뀌면서 국가자격증을 취득하거나 과거의 미용(헤어)자격증이 있어야만 숍을 운영할 수 있었다. 당시 우리 회사는 국가자격증 없이 250개의 매장을 관리하고 있던 터라 졸지에 불법을 저지른 회사가 되었다.

　물론 1년간의 유예기간을 주며 취득을 독려했지만 회사의 존폐 위기가 걸린 중요하고 어려운 사안이었다. 나는 영업본부장으로 회사의 운명이 걸린 문제를 해결하겠다는 사명감이 넘쳤다. 법을 바꾸겠다고 헌법재판소까지 찾아가 항소했으니 말이다. 나는 판사 앞에 앉아 두 손을 벌리고 한껏 목소리 높여 변론했다.

"손톱 케어를 어떻게 헤어 자격증을 가진 사람이 합니까? 판사님, 의사면허증이 있다고 피부과 의사가 아이를 받을 수 있습니까? 각자의 영역이 있는 거 아닙니까? 열심히 산업을 일으켜 일만 한 게 무슨 죄입니까?"

판사는 어이가 없었는지, 나를 이해한 건지 알 수 없는 표정으로 질문을 했고 나는 또박또박 막힘 없이 대답했다. 250여 개의 매장을 운영해야 하는데 당장 헤어 자격증을 취득한 직원들을 어디서 어떻게 찾아서 채용하냐는 것인지 따져 물었다. 지금 생각하면 우습기도 하고 어디서 그런 용기가 났는지 모르겠다.

수개월에 걸쳐 설전이 오갔는데 바위에 달걀 치기였지만 혈기 왕성한 용기가 정신력을 강하게 붙잡아주었다. 다시 생각해도 헌법재판소에 또 가고 싶지는 않다.

매도 여러 번 맞으면 맷집이 생기는 법이다. 큰아이 출산 후 연년생으로 둘째를 임신했다. 남편과 계획하지 않은 임신이라 순간 당황했지만 의사 선생 말에 눈물이 왈칵 쏟아졌다.

"씩씩하게 숨소리가 들려요. 축하드려요."

신이 주신 두 번째 선물이었다. 둘째를 임신했을 때는 회사의 배려로 인력개발팀에서 교육과 CS 업무를 맡았다. 배려받는다고 생각하는 순간 스스로 약하다는 것을 인정한다는 생각에 오기가 생겼다. 불러오는 배를 잡고 노트북 가방을 메고 지하철과 KTX를 번갈아 타며 전국의 미용대학과 매장으로 가서 더 열심히 교육하고 강의했다.

내 상징인 빨간색 립스틱과 빨간색 손톱을 더 진하게 발랐다. 더 큰 목소리로 강의했고 더 철저하게 교안을 준비했다. 힘들게 일하는 것처럼 보이는 동정과 연민의 눈빛이 싫었다. 그건 내 자존심이었다. 강의를 마치고 박수 소리를 듣고 설문 만족도 우수 평가표가 나오면 금세 자존심은 자존감으로 둔갑했다. 미용대학 교수와 직장 후배를 만나면 그들은 나의 강철 정신력 에피소드를 아직도 기억하고 있다.

당시 인력개발팀에서 출산 전까지 교육 교본을 세 권이나 만들어냈다. 61페이지에 달하는 고객 응대 각본과 신입 사원 교본, 전화응대 교본을 만들었다. 특히 전화 응대 교본은 만화책으로 만들었는데 시도가 참신했다. 내게 큰 자산으로 남아 있다.

금요일 늦은 오후 대구 매장에서 걸려 온 전화를 받았다. 다급한 팀장의 목소리가 들려왔다. 고객은 남자 친구와 함께 네일 아트를 하고 여행을 가기로 했는데 직원이 손톱 연장을 하던 중 인조 손톱에 붙이는 접착제인 글루가 고객 눈에 들어갔다고 한다. 나는 팀장한테 큰 병원 응급실로 가서 응급 처치 후 시력검사를 먼저 꼭 받으라고 신신당부했다. 전화로만 지시할 수밖에 없는 상황이었다. 핸드폰 사이로 중간중간 음성이 들려왔다.

고객의 남자 친구가 팀장에게 책임자를 바꾸라고 한다. 욕설과 함께 내 귀에 남자의 거친 목소리가 들렸다. 전화를 바꾸자 그 남자는 대뜸 욕을 하며 당장 대구로 내려오라고 했다. 시력을 잃으면 어떻게 할 건지, 보상은 어떻게 할 건지, 언제 내려올 건지 따져 묻는 그의 흥분된 목소리에서 걱정 섞인 마음이 읽혔다.

전화기로 들리는 욕설을 듣고 있는 것이 가장 최선의 응대였다. 대답할 틈도 안 주고 다짜고짜 반복적인 욕설에 반복적인 질문만 삼십 분 넘게 들었다. 천만다행으로 당일 응급 처치로 고객의 시력은 정상으로 돌아왔다. 그때 나는 둘째 임신 6개월 차였지만 다음 날 첫 KTX를 타고 대구로 내려갔다. 나를 기다리느라 고객은 퇴원을 미루고 있었다.

고객의 남자 친구는 배가 불러 뒤뚱뒤뚱 걸어오는 나를 보자마자 또 욕설을 내뱉으며 보상 문제를 어떻게 처리할 것인지 물었다. 정신적 피해 보상이라며 이천만 원이라는 큰 액수를 요구했다. 당연히 보상은 하겠다고 했지만 정확한 사유 없이 회삿돈을 쓸 수는 없었다. 거의 매일 그 남자의 욕설을 들으며 한 달여를 보내다 이백만 원에 합의했다. 세상의 모든 욕을 들어가며 참았던 금수저 멘탈이 고객의 합의를 끌어냈다.

2020년 2월, 신종 바이러스 코로나19의 확산세라며 종일 뉴스에서 떠들어댄다. 자본금 일억 원을 탈탈 털어 매장을 열자마자 벌어진 일이다. 직원들 월급도 못 주는 것은 물론 고객보다 직원들이 더 많았다. 한 달 두 달 지나면서 자본금도 바닥이 나고 마이너스통장에서도 더는 빼서 쓸 돈이 없었다. 왜 하필이면 지금 나한테 이런 일이!

반디인하우스를 위해 내가 개인적으로 운영하던 두 개 매장도 접은 상태였다. 함께하던 파트너 양 이사도 이십 년 동안 자신의 이름과도 같았던 브랜드 '마녀손톱' 다섯 개 매장을 내려놓고 우리 사업을 함께 시작했다. 그래서 더더욱 둘의 고민은 깊어만 갔다.

두 사람의 돈줄이 막혔다. 우리는 고객이 없는 매장에 출근했고, 딱히 할 일이 없었다. 그렇다고 마냥 한숨만 내쉬며 시간을 보낼 수는 없었다. 그런 상황에서도 나는 매일매일 확언을 했다.

"우리는 잘될 것이다. 올해 10호점을 갖게 될 것이다."

그리고 물거품처럼 사라지지 않기 위해 각자의 일에 충실했다. 매일 블로그를 쓰기 시작했고 일단 1호점인 위례점 매장 마케팅에 가장 많은 시간을 할애했다. 창업과 네일 비즈니스와 관련한 글을 매일 쓰고 여기저기 올렸다. 네일숍 창업에 관한 메시지를 모든 SNS 채널을 활용해 알렸다. 창업 설명회를 하기로 했지만 코로나19로 인해 취소할 수밖에 없었다.

그런 노력 끝에 블로그를 보고 연락을 해온 점주가 이대점 원장이다. 교육 시스템을 질문하러 온 점주가 영등포점 원장이다. 2020년 5월 한 달 동안 이대점, 영등포점, 송도점을 10일 간격으로 동시에 열었다. 그리고 우리 목표대로 신논현점까지 10호점을 갖게 됐다. 강철 정신력은 극심한 코로나19와의 싸움에서 보란 듯이 이겨냈다.

지금도 우리는 매일 확언한다. 코로나19와 함께 출발한 반디인하우스가 삼 년이 돼간다. 올해 2022년에는 큐릭스라는 문제성 손발톱 전문 브랜드를 선보였다. 보통 네일숍인숍 형태에서 전문 매장으로 독자적인 행보를 걸을 수 있는 사업 모델을 만들었다. 양 이사가 큐릭스 아카데미 총괄대표원장을 맡으면서 우리 사업 모델은 보다 확대되고 확장하고 있다.

큐릭스는 출발하자마자 9기까지 수료생을 졸업시키고 문제성 손발관리 전문 매장으로 특화되고 있다. 주변으로부터 이 어려운 시기에 선방한다며 부러움 섞인 소리를 듣곤 한다. 하지만 확장과 확대 이후 위험 관리가 중요하다는 사실을 알고 있기에 이때일수록 더욱 강한 정신력 관리가 필요하다.

가만 생각해보면 나는 돌아가신 아빠를 닮았다. 정신력이 흔들릴 때마다 아빠의 전언 덕분에 정신이 제자리로 돌아온다. 아빠도 젊어서 사업을 하셨지만 성공하지는 못하셨다. 하지만 항상 긍정적이고 강인했다. 다행히 나는 아빠의 유전자를 닮아 강철 정신력으로 위기를 극복하는 인자가 뇌와 심장에 자리 잡고 있다.

내가 정신력만큼은 금수저라고 말하는 이유는 누가 뭐래도 실패나 실수라는 그물망에서 빨리 빠져나오기 때문이다. 매우 단순하리만큼 용수철처럼 재빨리 제자리로 돌아온다. 오늘도 나 자신을 재정비하며 공책을 펼친다. 실패의 원인과 해결 방안을 적어 내려간다. 이때는 나를 정확하게 객관화해야 하는데 냉정하게 사실

관계를 확인하는 객관화된 언어를 사용해야 한다. 그리고 다시 나만의 언어를 사용해 현재 집중해야 하는 일을 저어본다.

그다음은 가장 주관적인 언어로 나에게 하는 '긍정선언문'을 작성한다. 이것이 내가 흔들리지 않는 금수저 멘탈 관리 방법이다. 잠시 아빠가 늘 말씀하신 말을 떠올려본다.

태생부터 금수저라 스스로 자신을 금이라 생각하지 마라.
날 때부터 흙수저라도
갈고 닦은 다이아몬드가 되는 이들이 있다.

태생부터 자신을 영재라 스스로 자만하지 마라.
날 때부터 모자라더라도
부족함을 깨닫고 채워나가는 성숙한 이들이 있다.

태생부터 건강하다 하여 스스로 몸을 소홀히 하지 마라.
날 때부터 장애가 있는 이들이
건강한 정신으로 세상을 만드는 이들이 있다.

과거에 어떤 모습이었든
우리는 오늘을 살고 지금을 산다.
바로 지금 당신은 부한 자인가,
지혜로운 자인가,
심신이 건강한 자인가?

나는 또다시 도전한다

"태산이 높다 하되 하늘 아래 뫼이로다. 오르고 또 오르면 못 오를 리 없건만, 사람이 제 아니 오르고 뫼만 높다 하노라."

내가 좋아하는 이 시조는 노력하지 않고 핑계만 대며 포기하는 사람을 빗대어 읊었다. 무슨 일이 닥쳤을 때 해보지도 않고 무턱대고 말하는 사람이 있다.

"나는 그거 못하는데요."

그 말의 속뜻은 하기 싫다는 것이다. 마흔 살 되던 해, 나는 부사장까지 승진하고 싶은 욕망이 있었다. 차장, 부장, 본부장 그리고 영업부, 상품개발부, 교육부 등을 거쳐 부사장이 되는 게 목표였다. 본부장으로 일하는 동안 임원들이 회사를 들락날락했다. 임원들은 성과가 없으면 바로 재계약이 해지되는 구조였다. 또 다른 임원이 외부에서 그 자리에 들어오는 일도 몇 번 더 있었다.

회사로서는 실무 경험이 풍부한 이력은 인정해도 여자라서, 명문대를 나오지 않아서, 석박사가 아니라서 등의 명분을 들이대며 나를 평가했다. 그즈음 다시 공부해야겠다는 생각이 들었고 전면적인 목표를 재고했다. 학력과 지식을 더 견고하게 쌓아 대학 강단에 서고 싶다는 열망을 성취하기 위해 5개년 계획을 세웠다.

물론 어떠한 외부 자극에도 내 자존감은 절대 무너지지 않았다. 다만 심도 있고 전문적인 지식을 배우고 싶다는 열망이 내 안에서 강렬하게 살아 꿈틀거렸다. 일과 공부를 병행해야 하니 삼 년 안에 석사학위를 취득하는 것이 1단계 계획이었다. 2단계는 외부에서 하는 교육 콘텐츠 과정을 공부하는 것이었다. 기술에 관한 콘텐츠는 내가 할 수 없는 영역이기 때문에 경영, 마케팅, 세일즈, CS 등과 관련한 콘텐츠에 관심이 생겼다.

당시 영업에 관한 책만 오십 권 넘게 읽고 경영과 마케팅 도서는 백여 권 읽었다. 현재 회사를 운영하면서 그때 읽었던 다양한 책이 인생 밑천이 된 건 사실이다. 3단계는 창업이었다. 대학이라는 상아탑에서 강의할지라도 나는 현장에서의 실무를 놓치지 않겠다고 생각했다. 이런 목표를 세우고 마흔다섯에 과감하게 사표를 내리라 마음먹었다.

그렇다고 회사 일에 소홀할 수는 없었다. 더 많은 성과를 내기 위한 치열한 자기와의 싸움이 계속되었다. 매일매일 주경야독을 했으니 외근을 나갈 때 지하철 손잡이에 기대어 서서 자는 꿀잠은 너무나 달콤했다. 목표한 대로 2년 6개월 만에 석사 학위를 취득했다. 이어서 경영 공부를 시작했는데 가장 큰 도움을 받은 건 EBS와 책으로 한 자기주도학습이었다.

경영 관련 사이트를 찾아다니며 필요한 자료를 확보하고 좋은 세미나가 있으면 주저 없이 신청했다. 그렇게 지식기술자를 양성할 수 있는 사람으로 나아가고 있었다. 또 영업에 관한 공부를 하기 위해 네트워크를 다루는 기업을 찾아가 강의를 듣기도 했다. 특히 영업만큼은 내가 관심을 가지고 배워야 하는 분야였다. 암웨이, 뉴스킨 등 네트워크 회사를 찾아가 대면 영업 방법을 직접 배우면서 우리 사업에 응용하고 융합할 수 있는 노하우를 터득해갔다.

그렇게 내 목표는 하나둘씩 성과를 내고 있었다. 1단계를 완료하고 2단계는 계속해서 수행하고 있었으며 3단계는 준비 과정에 있었다. 그러면서도 승진할지도 모른다는 막연한 기대감도 있었다. 창업을 염두에 둘 때 숍의 운영보다 창업 자금이 가장 큰 숙제로 다가왔다. 창업하게 되면 상권 분석부터 직원 채용과 교육, 인테리어에 이르기까지 신경 쓸 게 한두 가지가 아니지만 그런 업무는 누구보다 잘할 자신이 있었다.

그러던 중 셋째 동생이 회사를 그만두고 네일 아트를 하겠다고 선언하자 동생의 창업 준비가 나의 3단계 목표로 주어졌다. 산업디자인을 전공한 동생은 네일 아트가 적성에 맞았는지 3개월 만에 자격증을 취득하고 집 근처에 있는 숍에서 일을 시작했다. 동생이 창업이 예상보다 빨라지면서 나도 투자하게 되었고 3단계 계획은 반쪽짜리로 시작종을 울렸다.

대학 강단에 서고 싶다는 목표는 서류 전형과 면접을 통과함으로써 지식기술자를 양성하는 교육자가 되어 후배들을 가르치고 있다. 이제 독립한 지 일곱 해가 되어가는 지금도 나의 계획표에는 올해의 목표, 이달의 목표, 금주의 목표, 오늘의 목표가 꿈틀거리고 있다. 내게 있어 목표와 계획은 앞으로 나아가야 하는 나침반과 같다. 초행길을 나서는 내게 내비게이션이 되어주기도 한다.

때로는 내비게이션을 믿지 못하고 돌아갈 때도 있지만 그 또한 어쩔 수 없다. 다시 돌아가 계획을 수정하면 된다. 내가 모든 목표를 완벽하게 성취한 것은 물론 아니다. 하지만 완벽한 목표를 만들기 위해 목표 그 자체를 수정하고 다듬는 과정을 통해 나는 또다시 성장하고 발전할 것이다. 나는 또다시 도전하다.

초등학교 2학년 조카가 묻는다.

"이모! 이모는 커서 꿈이 뭐예요?"

꼬맹이의 천진난만한 질문이다. 대답도 하기 전에 웃음부터 나왔다.

"이모는 다 컸는데 음⋯⋯."

무슨 말을 해야 하나 잠시 고민하는데 조카가 왜 웃는 거지 하는 표정으로 눈을 동그랗게 뜨고 다시 묻는다.

"아니요! 더 크면 이모는 꿈이 뭐냐고요?"

"음…… 이모는 더 크면 준환이 같은 어린이랑 놀아주는 게 꿈이야. 이모랑 노는 거 재밌지? 지난번 낱말 맞추기 했던 거! 이모랑 놀았던 거 기억하지?"

"네, 이모는 나랑 노는 게 꿈이야?"

다시 한번 조카를 꼭 안아주며 웃었다. 뜬금없이 내 꿈을 왜 물어봤을까. 나의 꿈이 왜 궁금했을까. 얼마 전에 창업 상담과 컨설팅을 의뢰했던 분이 프레젠테이션과 컨설팅을 마치고 나서 내게 물었다.

"대표님은 꿈이 뭐예요?"

순간 살짝 긴장감이 감돌았다. 내가 직원들의 면접을 볼 때 물어보는 것처럼 예비 창업자가 나의 면접을 보는 것 같았다.

"일단 반디인하우스에 대한 꿈은 오 년 안에 네일 업계 일등으로 만드는 겁니다. 그리고 우리만의 특화된 제품을 만들고 우리 브랜드를 수출하는 거예요."

"그 목표 말고 다른 꿈은 없으세요?"

왜 나의 꿈이 궁금할까. 창업 상담을 와서 이런 질문을 하는 사람은 처음이었다. 대부분 초기 자본은 얼마나 들어가는지, 눈여겨본 상권이 있는데 어떤지, 매출은 잘 나오는지 등의 질문을 늘어놓곤 하는데 그 사람은 달랐다. 내 꿈을 말한다는 게 왠지 쑥스러웠다. 그게 창업과 무슨 관련이 있지 하고 잠시 주춤거렸는데 그녀는 대답을 기다리듯 내 입만 바라보고 있었다.

"저의 마지막 꿈은 아이들과 놀아주는 일흔 살 파티 플래너가 되는 거예요. 그리고 글을 쓰는 일을 하고 싶어요. 그냥 기록으로 남기는 정도로요."

"네? 일흔 살에도 일하실 거예요? 파티 플래너요? 그게 뭐예요?"

내 일흔 살 꿈을 들으면 대부분 비슷한 반응을 보인다. 일단 의아해하며 어리둥절한 표정을 짓는다. 큰애가 유치원을 졸업하고 초등학교에 입학할 때 눈물이 났다. 아들이 학교에 가는 것도 기특하고 벌써 다 큰 것 같았다. 내가 다시 학교를 입학하는 것 같은 설렘도 있었다. 먼저 학부모가 된 친구로부터 추천받은 책이 있었다. ≪첫아이 초등학교 보내기≫라는 책이다.

육아와는 거리가 멀었지만 책이라도 읽고 공부해야겠다고 생각했다. 초보 학부모가 알아야 하는 아이들 학습 습관부터 건강 습관, 친구들과 선생님과의 관계까지 깨알 같은 정보로 가득했다. 그런데 내 눈에 번뜩 들어온 글이 있었는데 초등학교 1학년 반 친구들을 모두 초대해서 생일 파티를 해주라는 것이었다. 나는 정말로 1학년 같은 반 친구들을 모두 집으로 초대해서 종일 아이들과 함께 놀아줬다.

아이들과 함께 게임도 하고 아이들이 좋아하는 음식을 먹고 저녁밥까지 먹고 놀다 갔다. 두고두고 큰애는 그날을 떠올리며 이야기한다. 둘째도 마찬가지로 그렇게 했다. 두 아이가 초등 3학년까지 친구들을 초대해 생일 파티를 집에서 해줬다. 그때 아이들과 놀아주면서 내 꿈이 생긴 건 아니지만 그 이후로 막연히 그런 생각을 했던 거 같다.

아들의 생일 파티 때 다문화가정 친구, 한부모가정 친구, 조손가정 친구들도 있었다. 이런 아이들에게 생일 파티가 특별한 날로 기억되도록 최선을 다했다. 그 이후부터 생일 파티를 해주는 사람으로 살고 싶었다. 아이들과 함께 책도 읽어주고 놀아주고 같이 요리도 하는 그런 일을 하고 싶었다.

2021년 8월쯤 아프가니스탄 난민 어린이들이 진천으로 왔다. 물론 난민을 환영하지 않는 사람도 많았다. 하지만 그 아이들이 갈 수 있고 그 아이들의 보금자리를 우리가 만들어줄 수 있다는 자부심이 있는 사람이 더 많을 것이다.

앞으로 이십 년 후면 더 많은 난민 어린이를 수용할 수 있을지도 모른다. 난민 어린이들과 놀아주는 파티 플래너 할머니가 되면 더 좋겠다. 우리가 다른 나라를 도울 수 있다는 힘이 있다는 것이다.

약 5년 전부터 내 꿈은 조금씩 현실로 드러나고 있다. 미니 도서관에서 책을 읽고 미니 수영장에서 물놀이하고 미니 게이트볼 등을 만들어 아이들과 놀아주는 파티 플래너 할머니라니, 얼마나 멋진가. 이 꿈을 보다 구체적으로 그려봐야겠다. 생각만 해도 기분이 좋아진다. 오랜만에 조카 때문에, 예비 창업자 때문에 내 꿈을 꺼내 본다.

한 글자 한 글자 쓸 때마다 자신과 업계를 돌아보는 소중한 시간이었다. 내가 나에게 주문을 건다. 책과 같은 삶을 살기 위해 오늘도 한 줄을 쓴다. 내가 하는 이야기가 여러분의 이야기일 수도 있다. 이 책이 나와 같은 업종에 종사하거나, 나와 같은 일을 하고 싶은 사람, 이제 막 새로운 일에 도전하려는 사람, 창업을 위해 고민하는 사람들에게 조금이라도 도움이 된다면 더 바랄 게 없다. 책을 읽는 도중에라도 자기 자신을 들여다보며 그 안에서 잠들어 있는 능력과 역량 그리고 희망을 찾아 일깨울 수 있기를 진심으로 소망한다. 당신이 얼마나 괜찮은 사람인지 당신만 모르고 있었을지도 모른다.

1센티 미학

초판 1쇄 발행 2022년 11월 25일

지은이 박경아
펴낸이 장종표

책임편집 배정환   디자인 미소디자인
펴낸곳 도서출판 청송재
등록번호 2020년 2월 11일 제2020-000023호
주소 서울시 송파구 송파대로 201 테라타워2-B동 1620호
전화 02-881-5761 팩스 02-881-5764
홈페이지 www.csjpub.com
페이스북 www.facebook.com/csjpub
블로그 blog.naver.com/campzang
이메일 csjpub@naver.com

ISBN 979-11-91883-12-1 03810